Línguas

Domenico Starnone

Línguas

tradução
Maurício Santana Dias

todavia

Para Alberto Cozzella
Pierangelo Guerriero,
Giovanni Polara,
colegas de escola,
amigos,
em ordem alfabética

I

Entre os oito e os nove anos de idade, decidi encontrar a fossa dos mortos. Tinha acabado de aprender nas aulas de italiano da escola a fábula de Orfeu, que foi buscar sua amada Eurídice debaixo da terra, onde ela havia ido parar por causa de uma picada de cobra. Eu planejava fazer o mesmo com uma menina que infelizmente não era minha namorada, mas que poderia vir a ser caso eu conseguisse tirá-la das profundezas da terra, enfeitiçando baratas, gambás, ratos e musaranhos. O truque era nunca se virar para olhá-la, o que para mim era bem mais difícil que para Orfeu, com quem eu sentia ter muitas afinidades. Eu também era poeta, mas em segredo, e compunha versos de grande sofrimento se me acontecia de não ver a menina pelo menos uma vez ao dia — mas ela era fácil de se ver, já que morava no prédio em frente ao meu, um edifício novíssimo, de um belo azul-celeste.

A coisa começara em março, num domingo. Minhas janelas ficavam no terceiro andar, o apartamento da menina, no segundo, tinha uma grande sacada com parapeito de pedra. Eu era infeliz por constituição, a menina com certeza não. O sol nunca batia do meu lado, já no da menina — eu achava —, sempre. Em sua sacada havia muitas flores coloridas, em meu peitoril nada, no máximo o trapo cinzento que minha avó pendurava no arame depois de lavar o piso. Naquele domingo comecei a observar a sacada, as flores e a alegria da menina, que tinha cabelos pretíssimos como os de Lilith, a mulher indígena de Tex Willer, um caubói de história em quadrinhos que meu tio e eu adorávamos.

Ela se divertia imitando — me pareceu — uma bailarina de caixinha musical, saltando de braços esticados e dando de vez em quando uma pirueta. De dentro de casa, a mãe lhe gritava recomendações educadas, como não sue demais ou, sei lá, vá devagar com as piruetas, se não vai bater na vidraça da porta e se machucar. Ela respondia gentil: não, mamãe, sou boa nisso, não se preocupe. Mãe e filha se falavam como nos livros ou no rádio, provocando em mim uma espécie de languidez, não pelo sentido das palavras, de que há tempos me esqueci, mas pelo som encantador, tão diferente do de minha casa, onde só se falava dialeto.

Passei a manhã toda na janela, morrendo de vontade de me atirar e migrar completamente refeito, bonito, limpo, cheio de doces palavras poéticas de silabário, para a sacada ali embaixo, dentro daquelas vozes e cores, e viver para sempre com a menina e de vez em quando lhe pedir, educado: por favor, posso tocar suas tranças?

No entanto, a certa altura, ela percebeu minha presença e eu logo me retraí, envergonhado. Ela não deve ter gostado daquilo. Parou com o balé, lançou uma olhada em minha janela e então voltou a dançar com mais energia. E, como evitei me tornar visível de novo, ela fez algo que me tirou o fôlego. Escalou com certo esforço o parapeito, ficou de pé e recomeçou a bailar, movendo-se ao longo da estreita faixa do peitoril.

Como era linda sua figurinha contra as vidraças reluzentes de sol, de braços erguidos, audaciosa nos saltos, tão exposta à morte. Inclinei-me para que ela me visse bem, pronto a também me atirar no vazio, caso ela caísse.

2

Como, no ano anterior, o professor Benagosti dissera à minha mãe que eu estava destinado a grandes coisas, tive a impressão de que achar a fossa dos mortos e levantar sua tampa para ir até lá embaixo era uma aventura que eu podia tranquilamente me permitir. Grande parte das informações que tinha sobre aquela fossa perigosa me veio de minha avó materna, que sabia várias coisas sobre o além-túmulo graças a conhecidos, amigos e parentes, todos mortos havia pouco por causa das bombas e das batalhas em terra e mar — sem contar que desde sempre ela falava com o marido, varrido do mundo dois anos depois de terem se casado.

Com minha avó, o bom era que eu nunca me sentia intimidado, sobretudo porque ela gostava mais de mim que dos próprios filhos — minha mãe e meu tio — e também porque não tinha nenhuma autoridade lá em casa, todos a tratavam como uma criada estúpida, que só devia obedecer e trabalhar. Por isso eu lhe perguntava sem timidez tudo o que me passava pela cabeça. Eu devia ser tão insistente que às vezes ela me chamava de *petrusinognemenèst*, querendo dizer que eu era como uma salsinha, a salsinha picada, verde-escura como as moscas de verão, quando há sempre o risco de que, voando em meio aos vapores, molhem as asas e caiam na panela da sopa. Vai, ela dizia, *chebbuóamé*, *petrusinognemenèst*, xô, xô, xô. Fazia um tom e um gesto de irritação, mas ria, e eu também ria, e algumas vezes fazia cócegas em suas cadeiras, tanto que ela gritava:

chega que eu vou me mijar, *tenevuoí, vafammóccammàmmeta*. Mas eu não a deixava em paz. Na época eu vivia quase mudo, sempre pensando em minhas coisas, fechado por dentro e fora, tanto em casa quanto na escola. Só falava sem freios com ela, que com os outros era muda que nem eu: guardava as palavras na cabeça e as usava no máximo comigo.

Começou a me contar a história da fossa no ano anterior, perto do Natal, num dia em que eu estava triste e lhe perguntei: como é que se morre? Ela, que estava depenando a galinha recém-abatida com um gesto brusco e uma careta de desgosto, me respondeu distraída: cê se mete na terra e não respira mais. Perguntei: nunca mais? Ela disse: nunca. Mas depois ficou preocupada — acho que por ter me visto realmente estendido no chão gelado, correndo o risco não de parar de respirar, mas de pegar uma bronquite catarrosa — e me chamou — vem cá, lindão da vovó — para perto dela e da galinha morta e meio afundada em água fervente. O que foi, o que aconteceu, quem te magoou? Ninguém. Então por que você quer morrer? Respondi que eu não queria morrer, só queria ficar um pouco morto e depois me levantar. Ela me explicou que não era possível ficar só um pouco morto, a menos que fosse Jesus, ressuscitado depois de três dias. O melhor, ela me sugeriu, era eu ficar vivo sempre, sem me distrair, e acabar por engano sob a terra. Foi então que, para me explicar que não era bom estar debaixo da terra, me falou pela primeira vez da fossa dos mortos.

A fossa, começou, tem uma tampa. *Chistu cupiérchio** — me lembro ainda hoje de suas palavras, de cada uma delas — é de mármore e tem uma fechadura com corrente e tranca, porque, se não for fechada como se deve, os esqueletos com um pouco de carne ainda nos ossos se juntam todos para sair, junto

---

* "Esta tampa." [Esta e as demais notas são do tradutor.]

com as ratazanas que correm por cima e embaixo dos lençóis amarelos de suor pelo recente estertor. Quando se levanta a tampa, é preciso fechá-la no mesmo instante e descer por uma escada que não leva a nenhum corredor, quarto mobiliado ou salão com luminárias de cristal e cavaleiros e damas e donzelas, mas a nuvens de terra e raios e setas e baldes de água fedorenta de carniça e um vento — um vento, menino — que é tão forte que raspa as montanhas e faz no céu e na terra uma farinha de pó amarelo como tufo. Aos gemidos do vento e ao trovejar de contínuos temporais — me contava — é preciso somar o repique de um tropel de mortos com sudários esfarrapados, todos homens, vigiados por anjos e anjas de olhos vermelhos e vestes roxas, os longuíssimos cabelos estalando ao vento e as asas como as desta galinha, mas de cor preta de corvo, fechadas atrás das costas ou abertas conforme a necessidade. Os mortos trabalham para reduzir enormes blocos de mármore e de granito a um cascalho que se alonga até o mar cheio de ondas altíssimas de lama e cristas de espuma podre, como a que as laranjas fazem quando espremermos e estão tomadas de vermes. Minha nossa senhora, quantos mortos-machos, quantos. Sem falar das mortas-fêmeas, que estão sempre muito aflitas. Pois ao seu redor tudo treme no vento forte — as montanhas, o céu com as nuvens de terra, a água de esgoto que chovendo oblíqua se recolhe no mar sempre em tumulto —, e continuamente algo se rompe na paisagem, aliás às vezes é a própria paisagem que se rasga, e as nuvens se desmantelam em pedaços, e também as ondas. Então as mortas-fêmeas, fechadas em seu lençol de agonia, precisam correr para costurar depressa, com agulha e linha ou com máquinas de costura bem modernas, listras de camurça para remendar as montanhas, o céu e o mar, enquanto os anjos ficam com os olhos ainda mais vermelhos de raiva, gritando: o que vocês estão fazendo?, estão pensando o quê?, seus merdas, suas vagabundas, trabalhem.

Eu ficava atônito com aquela sucessão de esvoaçamentos, terremotos e maremotos, escutando boquiaberto. Depois me dava conta de que aqui e ali havia umas incongruências. Os relatos de minha avó não primavam pela exatidão e era preciso pôr um pouco de ordem, porque ela só tinha estudado até o segundo ano primário, enquanto eu já estava no terceiro e era mais sabido. Por isso a obrigava a voltar atrás para esclarecer algum ponto e às vezes só conseguia arrancar uma meia frase; noutras, relatos extensos e encadeados. Depois eu ajeitava aquelas informações na cabeça, soldando umas às outras com minhas fantasias.

No entanto, mesmo assim continuava cheio de dúvidas. Onde ficava a tampa de mármore, no canteiro do pátio ou do lado de fora? Saindo à esquerda ou à direita? Você levantava a tampa — tudo bem —, descia sabe-se lá quantos degraus e de repente, no subsolo, deparava uma vista ampla, com céu, água, vento, relâmpagos e raios; mas lá embaixo havia luz elétrica, tinha algum interruptor? E se alguém precisasse de algo, a quem podia recorrer? Quando eu insistia com minha avó para ter informações sempre novas, muitas vezes ela parecia ter se esquecido de tudo o que me contara, e eu é que tinha de lembrá-la ponto por ponto. Uma vez, para completar, me falou com detalhes dos anjos de penas pretas que, segundo ela, eram gente má e passavam o tempo voando nos redemoinhos de pó, insultando trabalhadores e trabalhadoras que quebravam pedras e cosiam. Quem trabalha, meu filho, nunca é ruim — me instruiu —; quem não trabalha e engorda com o suor dos outros é que é um *piezzemmèrd*; ah, quantos *piezzemmèrd* andam por aí, que se acham descendentes dos bagos de Abraão e só querem mandar, faça isso, faça aquilo, rápido. O marido dela, meu avô — que tinha parado no tempo aos vinte e dois anos, dois a menos que ela, e lá ficou para sempre: eu era o único menino no mundo que tinha um avô com pouco mais de vinte anos, grandes bigodes pretos, cabelo também preto, fabricador de ofício —, não era um daqueles que flutuava nos andaimes dos prédios por diversão, ou que vadiava sem vontade de construir. O marido dela tinha aprendido a arte indispensável da construção a partir dos oito anos, e foi um ótimo pedreiro. E uma tarde ele caiu lá do alto não por incompetência, mas por cansaço, culpa dos desocupados que o faziam trabalhar demais. Ele se arrebentou todo, principalmente o lindo rosto que se parecia com o meu, e perdeu muito sangue pelo nariz e pela boca. Ele também — me confidenciou noutra ocasião — lhe fazia cócegas, fez até um dia antes de morrer e ir trabalhar para sempre na fossa dos mortos, deixando-a aqui sozinha com dois filhos, uma de dois anos e outro que ainda ia nascer, sem um centavo, levando a vida de uma pessoa que nunca soube o que é um pouco de paz e tranquilidade. Mas vem cá, *scazzamaurié*, vem pra perto da vovó que te ama.

Com frequência, ela me chamava daquele jeito: *scazzamauriéll*. Para ela eu era como um diabo irritante e benévolo, um pirralho pé no saco, que espantava os péssimos sonhos noturnos e também os igualmente péssimos dos dias ruins. Segundo ela, os *scazzamaurielli* moravam na fossa dos mortos, corriam e pulavam pelas pedras gritando, rindo e se espancando uns aos outros. De baixa estatura, mas robustos, recolhiam as raspas do mármore e as lascas cortantes do granito em grandes cestas. Escolhiam entre as lascas mais achatadas e afiadas, incandescendo-as apenas com o toque dos dedos grossos, e as lançavam às fantasmas e aos fantasmas exaustos dos cadáveres, fumaça e cinzas de velhos sentimentos ruins que não queriam resignar-se a incinerar de todo. Às vezes — tinha sussurrado recentemente, numa tarde em que estava muito melancólica — os *scazzamaurielli* conseguiam passar por baixo da tampa, tornando-se minúsculos e finos, e perambulavam por Nápoles, dentro das casas dos viventes. Expulsavam os espectros mais agressivos injetando alegria. Também expulsavam os fantasmas de minha avó, em especial os que a assustavam sem nenhuma consideração, sem levar em conta que ela estava cansada e passara a vida costurando milhares de luvas de camurça para as damas, e agora era a serva de todos nós, filha, genro e netos, e o único a quem ela servia e sempre serviria e reverenciaria com enorme contentamento era eu.

3

Contudo, devo dizer que, mais que um duende esmaga-pesadelos, eu preferia ser um poeta feiticeiro que tira as namoradas da fossa dos mortos. Mas naquele momento não houve necessidade disso. A pequena bailarina equilibrada no parapeito, em vez de cair e se arrebentar lá embaixo como aconteceu com meu avô, deu um salto elegante, aterrou na sacada e desapareceu além das vidraças da porta-janela, levando meu coração não à garganta, mas aos olhos fascinados.

De todo modo, comecei a me preocupar com ela. Tinha medo de que, se não se precipitara agora, isso poderia ocorrer mais tarde, portanto o tempo para conhecê-la se estreitava. Assim, esperei que ela reaparecesse na sacada e, quando aconteceu, ergui a mão num cumprimento, mas muito de leve, sem energia, para não me sentir humilhado se ela não respondesse.

De fato, não me respondeu nem hoje nem amanhã nem depois de amanhã, ou porque era objetivamente difícil notar meu aceno ou porque não queria me dar satisfação. Daí me veio a ideia de vigiar o portão de seu prédio. Esperava que a menina saísse sozinha e queria aproveitar a ocasião para fazer amizade, falar de coisas amenas num belo italiano e depois dizer: sabe que, se cair lá de cima, você morre? Meu avô morreu assim. Achava necessário fornecer-lhe aquela informação, de modo que ela pudesse decidir em plena consciência se queria se expor ao perigo ou não.

Por dias e dias dediquei a esse objetivo as duas horas que, depois da escola e depois do almoço, ante de fazer as tarefas, eu passava na rua brincando, brigando com meninos bem mais selvagens que eu, me empenhando em coisas perigosas, como as cambalhotas que dava me segurando em barras de ferro. Mas ela nunca aparecia, nem sozinha nem com os pais. Era óbvio que tinha outros horários, ou eu estava sem sorte. Seja como for, não sosseguei; eu era muito agitado naquela época. Tinha na cabeça várias palavras e um bocado de fantasias, e todas elas diziam respeito à menina. Não havia uma coerência, a meu ver as crianças não a têm, é uma doença que contraímos ao crescer. Eu queria — me lembro — muitas coisas juntas. Queria, por um golpe de sorte, descobrir seu apartamento no segundo andar, tocar a campainha e dizer ao pai ou à mãe — melhor à mãe, os pais ainda hoje me assustam — na língua dos livros que eu lia graças ao professor Benagosti, que os emprestava a mim: a amada filha de vocês, prezada senhora, dança maravilhosamente no parapeito da sacada, e é tão linda que não consigo dormir de noite só de pensar que ela pode morrer na calçada, com o sangue jorrando do nariz e da boca como meu avô pedreiro. Mas eu também queria ficar na janela e esperar que a menina voltasse a brincar na sacada para lhe mostrar que eu também sabia correr perigos mortais, movendo-me da janela do banheiro até a da cozinha, um passo depois do outro, sem nunca olhar para baixo: uma aventura que eu já tinha feito duas vezes — visto que era fácil, as janelas tinham o peitoril em comum —, e se ela me fizesse um sinal de concordância, eu repetiria com gosto pela terceira vez. Enfim eu queria, se algum dia pudesse lhe falar, que ela soubesse — uma palavra puxa outra — que eu estava apaixonado por sua bela alma e que meu amor seria eterno, e que, se ela fazia questão de dançar no parapeito e cair lá embaixo, depois poderia contar comigo com certeza, pois eu iria pessoalmente buscá-la no além-túmulo, sem jamais fazer a bobagem de me virar para olhá-la. Tornar-me um espião, morrer para me mostrar audaz, puxá-la para fora da terra dos mortos não estavam em contradição em minha cabeça, ao contrário, me pareciam momentos distintos de uma mesma história em que eu, de um modo ou de outro, sempre causava uma bela impressão.

No entanto, não só não consegui entrar em contato com a menina, mas também um longo período de chuvas me impediu de admirá-la durante suas brincadeiras na sacada. Então, entre uma chuvarada e outra, me dediquei à procura da fossa dos mortos para não estar despreparado caso ocorressem trágicos eventos. Logo depois que minha avó me falou sobre ela, fiz algumas tentativas, mas sem perder muito tempo com isso. Graças aos livros do professor Benagosti, aos quadrinhos que minha mãe me comprava e aos filmes que via no cinema Stadio, eu tinha um monte de papéis em que atuar — o caubói, o sem família, o mutilado, o náufrago, o caçador, o explorador, o cavaleiro errante, Heitor, Ulisses, o tribuno da plebe, só para citar alguns —, e buscar a entrada na terra dos mortos se tornou uma atividade secundária. Porém, com a entrada da menina em minha vida aventurosa, me esforcei mais e tive sorte.

Numa tarde em que — como dizia, nervosa, minha avó — *mo chiuvéva, mo schiuvéva, mo schizzichiàva*,* de modo que eu não podia me afastar muito de casa, no máximo circular com um amigo no pátio cheio de nuvens nas poças d'água, descobri no chão, para além do grande canteiro com palmeiras, uma pedra retangular que, se eu me deitasse sobre ela, se mostrava bem mais comprida que eu e tinha uma grande tranca reluzente de chuva. Quando a vi, estremeci e congelei não só por causa do frio úmido, mas também de medo.

— O que foi? — perguntou assustado meu amigo, que se chamavà Lello e morava no bloco B; eu gostava dele porque,

---

* "Ora chovia, ora estiava, ora chuviscava."

quando outros amigos não estavam presentes, ele falava num italiano que se aproximava um pouco do escrito.

— Silêncio.

— Por quê?

— Os mortos estão ouvindo.

— Que mortos?

— Todos.

— Que nada.

— Sim, eles estão aqui embaixo. Esta é a pedra pela qual, se tirarmos a tranca e a levantarmos, os fantasmas fogem.

— Não acredito.

— Toque na tranca e você vai ver o que acontece.

— Não vai acontecer coisa nenhuma.

— Toque.

Lello se aproximou, eu me mantive à distância. Ele se ajoelhou, tocou com cautela a tranca e no mesmo instante surgiu um raio nunca visto antes, tão intenso que nos cegou, ao qual se seguiu um estrondo furioso. Eu saí correndo, e ele veio atrás de mim, pálido de medo.

— Viu? — falei sem fôlego.

— Vi.

— Você iria comigo lá embaixo?

— Não.

— Mas que tipo de amigo você é?

— Tem a tranca.

— A gente quebra.

— Não é possível quebrar uma tranca.

— Você diz isso porque está se cagando todo. Se não quiser vir, vou chamar uma amiga minha que não tem medo de nada.

Depois que eu disse isso, aconteceu uma coisa que me espantou. Lello sorriu com malícia e perguntou:

— A milanesa?

Descobri naquela circunstância que a menina de meus pensamentos e suspiros se chamava desse modo obscuro — a mimilanesa — e que, além de minha atenção, tinha atraído a de muitos outros colegas. E não só isso. Era de domínio público que, quando fazia sol, eu a espiava abobalhado da janela ou passava muito tempo em frente ao portão dela. Não é verdade?

Fechei-me em meu habitual mutismo, mas antes lhe disse: *vafanculostrunznunmeromperocàzz*,[*] que era a fórmula necessária quando ninguém parecia capaz de entender a pessoa especial que eu era e que grandes coisas faria.

---

[*] "Vá tomar no cu seu merda não me enche o saco."

4

Apenas minha avó tinha certeza disso, desde meu nascimento. Assim que saí da barriga de sua filha, ela se convenceu de que a vida reconquistara um sentido e — coisa hoje incrível de se dizer, e ainda mais de imaginar — esse sentido inesperado estava, aos olhos dela, em mim, em toda a minha pessoa, incluindo as lágrimas, a baba, o mau cheiro e a merda que ela era obrigada a lavar continuamente nos babadouros, panos e fraldas.

Quando eu nasci ela estava com quarenta e cinco anos, e tinha uns cinquenta e três ou cinquenta e quatro na época dos fatos que estou contando. Havia décadas não esperava mais nada da vida, nem sequer um docinho, mas a partir de mim ela começou logo a extrair doçuras de todo tipo. Qualquer manifestação minha a entusiasmava, e não porque melhorasse sua existência, que era um zero à esquerda, mas porque bastava que eu piscasse os olhos ou dissesse um ah e aquela piscadela ou interjeição provavam, de acordo com ela, que eu era o melhor dos organismos vivos surgidos havia milênios no planeta. Imediatamente, assim que nasci — ela rememorava comovida —, eu me tornei uma coisinha de alabastro vivo, um golinho de calda de cereja, um pudinzinho à base de açúcar, baunilha e canela que, ainda que mijasse, mijava água benta, como a que eu tinha esguichado na cara de meu tio quando ele, para comemorar que em nove meses sua irmã havia feito de um nada uma coisa toda perfeita, que

veio à luz sabe-se lá de que trevas, *mi stava vasannopiscitiéll.**
E olha só o que eu virei, não parava quieto, vá se pentear.

Toda manhã ela se dedicava, com um cuidado insuportável, a me lavar o pescoço, as orelhas, a fazer um risco perfeito e fixar com sabão os cabelos rebeldes, para mostrar à escola e ao mundo como eram lindos. Preocupava-se mais comigo que com meus outros irmãos, parecia cozinhar só para mim, era francamente injusta quando dividia as porções e colocava em meu prato os melhores nacos de carne. Além disso, toda vez que eu quebrava algo de que meu pai gostava, logo dizia que tinha sido ela. Os diálogos com o genro eram deste tipo, cheio de raivas contidas:

— Fui eu.

— Minha sogra, você quebra coisas demais.

— Tenho as mãos furadas.

— Preste mais atenção, por favor.

— Sim, me desculpe.

Não tinham boas relações e, quanto menos se falassem, melhor era. Minha avó tinha de cuidar da casa e ficar de olho em nós, para que não fizéssemos bagunça; mas, como a gente sempre fazia bagunça, meu pai se irritava e a repreendia. As repreensões a deixavam nervosa, ela ficava emburrada, mastigava palavras feias contra o genro, contra a filha e contra meus irmãos. Mas não contra mim, ela me deixava fazer tudo, até sair de casa quando me dava na telha. Aonde cê vai, pudinzinho? Lá embaixo. Embaixo onde? Aqui mesmo. Volta logo. Volto — e eu ia embora.

Naquela primavera, passei não sei quanto tempo no pátio, tentando achar um jeito de quebrar a tranca e levantar a tampa de pedra sob a qual, em minha opinião, estava a fossa dos mortos. Era uma lápide fria, aqui e ali despontava uma florzinha roxa, às vezes aparecia um besouro. Em geral, se alguém atravessava o pátio distraído, não percebia outros rumores além dos da praça.

---

* "Estava beijando meu pintinho."

Mas, caso parasse só por cinco minutos ao lado daquela pedra, como eu fazia, de repente, sabe-se lá de que profundezas, vinham um murmúrio e um assobio longo e depois suspiros que me aterrorizavam. Mas eu resistia. Estava tão encantado pelas possibilidades de aventura que se ofereciam aos audaciosos — e eu queria ser audacioso de qualquer jeito, porque muitas vezes me sentia muito cagão e pretendia me corrigir —, que a certa altura, querendo romper a tranca, cheguei a levar para baixo a serrinha de ferro que meu pai não queria que a gente usasse de modo nenhum, pois podíamos cortar os dedos.

Pelejei uma tarde inteira sem grande sucesso. Serrava, serrava, mas a tranca nem se feria, e o único efeito era que o roçar ferro com ferro enervava os mortos ou os anjos ou os *scazzamauriéll*, e eu era tomado por um sopro gélido e um silvo que me assombravam, atrasando o trabalho.

O erro foi que eu demorei demais. Meu pai voltou do batente, atravessou o pátio sem me ver e sumiu pelas escadas. Então me vi na impossibilidade de repor a serra no lugar sem que ele notasse, por isso resolvi escondê-la no canteiro. Foi uma ótima solução, e no dia seguinte retomei o trabalho na tranca sem subterfúgios. Mas a certo ponto aconteceu que houve um tal choque de não sei que coisa ali embaixo, na fossa dos mortos — talvez um anjo tivesse agarrado um morto trabalhador a um passo da tampa, portanto prestes a escapar entre os vivos —, que em parte pelo susto, em parte pelo cansaço de serrar sem resultado, voltei para casa sem me preocupar em esconder a serra.

Pouco tempo depois, meu pai voltou do trabalho mais enfurecido que nunca, brandindo a serra. O porteiro a devolveu a ele, perguntando: isso por acaso é do senhor? Por acaso sim, era dele, e agora queria saber de todos os filhos quem tinha pegado a serra e a deixado no pátio. No mesmo instante meus olhos lacrimejaram — ah, como eu detestava as lágrimas, que me vinham sobretudo quando meu pai se enfurecia —, e já estava a ponto de me denunciar aos soluços quando minha avó interveio:

— Fui eu que peguei.

— Você, sogra?

— Sim.

— E por que diabos você pegou a serra?

— Ah, porque precisei dela.

— E a esqueceu ao relento, enferrujando, e se eu me ferir pego um tétano?

— Sim.

— Não se esqueça mais.

Era sempre assim, no momento certo ela se sacrificava por minha causa. E não posso dizer que eu lhe fosse agradecido. Na época, achava que toda aquela paixão por mim fosse um tormento normal que as avós infligiam aos primeiros netos, e nem me ocorria dizer obrigado a ela, ao contrário: se eu pudesse gritar "agora chega, fique lá, não se meta sempre nas coisas", sem levar um tapa de minha mãe, que tinha de costurar levas intermináveis de camisetas e não queria brigas, eu o teria feito. Devo admitir que naqueles anos eu nunca pensava em retribuir minimamente todo aquele afeto ora áspero, ora grudento — por exemplo, dar-lhe um beijo: nunca dei um beijo em minha avó, ninguém dava —, aliás, no fundo, no fundo, não achava que eu gostasse particularmente dela. Sem falar que, de modo objetivo, ela não me agradava muito como avó, outros meninos tinham melhores.

Como confirmação disso, certa tarde, na sacada da milanesa, apareceu uma senhora vestida de azul, com o cabelo turquesa, pele rosada, a figura bem-composta, um par de cordões de pérolas em volta do pescoço, que se entreteve educadamente com a menina até o sol se tornar pálido. Como a menina a chamou várias vezes — vovó, vovó — para atrair o máximo de atenção às suas piruetas, pensei: essa sim que é uma avó, e torci para que ela nunca visse a minha, a meu ver baixinha demais, gorducha e corcunda, de rosto vermelho e feioso com veias arroxeadas nas bochechas, cabelos grisalhos enrolados na nuca e presos por grampos, poucos dentes, nariz de pimentão, olhos um pouco perdidos seja quando cozinhava de pé ao lado do fogão ou da pia, seja quando estava tricotando encolhida na cadeira.

Mas aconteceu que, enquanto eu olhava a menina com a avó, a minha apareceu atrás de mim perguntando: o que é que você está olhando? Respondi de pronto: nada; mas justo naquele instante a milanesa puxou a avó pela roupa e me apontou com o indicador tão esticado que achei que ela quisesse superar a distância e espetá-lo em meu olho.

— Nada, hein? — disse minha avó.

— Nada.

— Cumprimente, mentiroso.

— Não.

— Cumprimente, *scazzamauriéll*, cumprimente, pudinzinho.

— Não.

— Então cumprimento eu.

Que enrascada. E ela ainda queria se intrometer em coisas que eram minhas, íntimas, com o risco de me fazer passar um papelão? Não me agradava que ela fosse notada, não queria que a milanesa descobrisse a avó miserável que eu tinha e a comparasse com a dela, toda elegância e belas palavras. Cumprimentei imediatamente com a mão para concentrar toda a atenção sobre mim, mas minha avó me empurrou um pouco de lado e também cumprimentou, dizendo até num sussurro: bom dia, embora estivesse anoitecendo. Respeitosas, a menina e sua avó responderam à saudação, enquanto eu me retirava depressa e furibundo para o banheiro, o único lugar onde se podia ficar um pouco em paz. Quanto a minha avó, não sei; talvez tenha continuado na janela, trocando saudações e quem sabe murmurando palavras que no entanto, àquela distância, eram inaudíveis.

5

Por um bom tempo, não a perdoei. Era uma mulher tímida, nem um pouco sociável. Se um estranho lhe dirigia a palavra, ficava toda vermelha, até a raiz dos cabelos. Por que então fez aquilo? Hoje sei que ela só agiu assim porque vai saber há quanto tempo me flagrara com a testa contra os vidros da janela, ou colado ao parapeito, exposto ao ar nem sempre tépido da primavera, abatido por aquelas miradas longas e inconclusivas dirigidas à menina.

Tinha forçado sua natureza por amor a mim. Amor, sim. Duvido que no longo arco de minha vida alguém tenha me dado tanto, um amor que durou mesmo quando se começou a suspeitar de que o professor Benagosti se enganara a meu respeito. De fato, na escola me tornei — já no primeiro ano de ginásio — menos brilhante, não entendia, devaneava, e até na vida do dia a dia me mostrava cada vez mais aluado, atingido no cérebro pelos raios de Selene como se já fosse um velho. Minha avó nunca desistiu e, se me via entristecido com minha própria miudeza, sem vontade de falar nem com ela, tentava me fazer rir, dizia: *chiocchiò, paparacchiò, i miérgoli so' chiòchiari e tu no.* Queria dizer que não havia comparação entre mim e outros melros cantadores que repetiam sempre o mesmo refrão idiota em qualquer parte do vasto mundo: eu cantava de um modo tão fora do comum que ninguém, exceto ela, podia se dar conta. Portanto, ainda bem que pessoas de seu tipo de vez em quando caíam nesses erros. É tão consolador saber que há pelo menos um ser humano que pensa em você, mesmo se equivocando: ah, como essa pessoa é preciosa, quero cuidar dela até morrer. Eu, ao longo de minha existência, fiz isso todas as vezes que pude, mas a primeira vez que o fiz, sim, foi com a milanesa.

Ela — eu sentia — era tão preciosa para mim quanto eu era para minha avó. E até minha idolatria era gratuita do mesmo modo. O que minha avó ganhou ao fazer aquela saudação? Nada. Quando me dei conta do esforço que ela fizera, violando sua natureza tímida, não digo que a perdoei, mas esqueci seu erro e desejei gostar da menina com a mesma plenitude com que a mãe de minha mãe gostava de mim, e até mais.

De resto, nos dias seguintes ela tentou se corrigir. Certa de que tinha me desagradado, empenhou-se por minha felicidade com maior discrição. Por exemplo, às vezes acontecia que, enquanto eu tentava resolver algum problema complicado de aritmética, ela tocasse meu ombro de leve e quase sussurrasse: a senhorinha está brincando na sacada, não quer ver? Eu largava no mesmo instante a matemática e corria à janela para olhar, enquanto minha avó trabalhava, fingindo me ignorar.

Às vezes a milanesa brincava de boneca, às vezes se exibia como bailarina, às vezes pulava corda no espaço vazio entre caixotes amarelados de madeira crua e materiais de limpeza doméstica. Bastava erguer o olhar em minha direção, e eu a cumprimentava. Nem sempre — devo dizer — ela correspondia, talvez dependesse da concentração que dedicava às brincadeiras, só retribuía a saudação se estivesse entediada. Quem sabe — pensei num domingo de manhã em que me sentia especialmente negligenciado — se minha avó também tinha sido volúvel com seu noivo. E decidi lhe perguntar como foi que ela sentiu o amor no peito e em toda parte.

Tive a impressão de que não queria me contar ou que nem sequer soubesse. Ela possuía apenas uma foto com o marido, e a guardava com tanto zelo que até mesmo a mim só a mostrara uma única vez, e tão depressa que não me lembro de nada, duas sombras sobre o marrom, podia ser qualquer pessoa. Diante de minha pergunta íntima, disse logo corando que, quando se viram pela primeira vez, os dois sentiram como se tivessem uma lamparina acesa dentro do coração, e tinha sido uma espécie de triunfo da iluminação a óleo ou a gás, seus corpos se alumiaram, brilharam de repente, como foi lindo. Somente por minhas insistências ela acrescentou que ele tinha olhos luminosos — agora desgraçadamente a única luz que luzia era a que ficava no lóculo, no cemitério, que ela pagava a peso de ouro, porque neste mundo, menino, se vende até a luz que ilumina a treva dos mortos —, olhos que, se necessário, se tornavam frios que nem gelo, sobretudo se alguém ousasse ser grosseiro com ele. Só para contar uma, todo domingo, depois de casados, eles saíam para passear no Rettifilo e, se algum idiota apenas olhasse para ela, o avô se preparava na hora para usar o bastão de caminhada, dentro do qual levava uma lâmina flamejante. Aquele bastão com a espada foi para mim uma grande novidade. Fiz outras perguntas a ela e tivemos um diálogo cujo final, no conteúdo, era mais ou menos assim:

— Ele fazia duelos?

— Isso não.

— Mas matou alguém?

— Não foi preciso.

— Ele era bonito quando lutava?

— Ele era sempre lindo.

— Parecia comigo?

— Sim, mas você é mais bonito.

— Você se casaria com ele de novo, mesmo sabendo que depois ele cai e morre?

Aquela última pergunta não lhe agradou, ficou melancólica, não me deu mais atenção. Mas o que eu podia fazer? Naquele tempo, a única pessoa que eu tinha à mão, disposta a ser questionada sobre Amor e Morte e a dar respostas competentes, era ela. Agora também havia a questão da espada, de modo que, com maior razão, amar e morrer me pareciam um binômio inevitável e, à noite, antes de cair no sono, eu sempre pensava naquele bastão que servia para passear, mas também, de repente, se revelava a bainha de uma arma para defender a amada dos mil perigos que havia no céu, na terra e nos subterrâneos, uma missão masculina que eu sentia como fundamental e da qual desejava me tornar um fiel executor.

De fato, eu continuava ansioso pela milanesa. Fazia da janela saudações cada vez mais ostensivas e, sobretudo quando ela dançava, acenos agitados de aprovação. O que eu mais temia era que se sentisse negligenciada e, para receber mais atenção, subisse de novo no parapeito, coisa que eu não queria de jeito nenhum e que no entanto — confesso — esperava. Sua provável morte me era insuportável, entretanto era tentadora a perspectiva de violar a fossa dos mortos e ir buscá-la de volta. Ou, em caso de fracasso, chorar pelo resto da vida — em verso ou em prosa — sua figurinha de luz e perfumes primaveris. Pensava em mim mesmo, empenhado naquele esforço que me tornaria um poeta incomparável, e me comovia.

6

Uma vez, quando voltava de não sei que atividade exaustiva, minha avó chegou a me dizer: a menina está jogando amarelinha bem aqui embaixo. Eu nem lhe agradeci, eram gentilezas contadas, ela mesma não saberia evitá-las. Abandonei as tarefas e, sem sequer botar um agasalho, enquanto minha mãe gritava: vai aonde?, bati a porta de casa e desci.

Fiz os cinco lances de escada com a *sciuliarèlla*, ou seja, deslizando a cavalo pela madeira escura do corrimão. Fazia essa *sciuliarèlla* diariamente e com certa habilidade, não por pressa, só pelo prazer de descer veloz, quase deitado no corrimão. No fim das contas era apenas mais uma ocasião para tombar e morrer no fundo do vão das escadas, probabilidade que, se no geral não me causava nenhum temor, imagine agora que eu ia trepidante contemplar de perto a menina e achava que me arrebentar lá embaixo seria algo que ela saberia apreciar.

Sobrevivi também naquela circunstância, atravessei o pátio vazio margeando a fossa dos mortos, irrompi na praça correndo e disparei olhares aflitos. Mas só vi os violentos colegas de sempre, dando voltas nas barras de ferro das bilheterias, vi Lello pedalando para cá e para lá na bicicleta nova, vi três ou quatro meninas que esperavam educadas sua vez no bebedouro para beber água ou lavar as mãos; não ela, que de tanto olhar não vi.

Parei Lello imediatamente e gritei a ele, como uma ameaça:

— Onde está a milanesa?

Respondeu:

— Você está cego?

Olhei ao redor — uma tumultuosa panorâmica no caos de paredes, postes de luz, gritos infantis, cores nítidas ou embaçadas, o tempo bom, a hora da tarde — e de novo não a vi. Minha infância — temo — teve muitos pontos de contato com a velhice de hoje, quando me calha de procurar alguma coisa, sei lá, os óculos, e num crescendo de nervosismo não os encontro, e digo num tom de voz medianamente elevado: nunca se acha nada nesta casa; e então chega minha mulher, que, cansada da sorte que lhe coube, diz: em sua opinião, isto aqui é o quê? Gritei agitado:

— Cego é você, eu enxergo muito bem!

— Ah, é?

Lello largou a bicicleta no chão, me agarrou pelo braço e, aos insultos, me sacudiu com força e arrastou até uma menina que estava jogando amarelinha com outras, bem ao lado do portão. Eu resisti, finquei os pés no chão, e enquanto isso finalmente olhei com uma atenção desimpedida da ânsia de não ver e não achar. Que momentos horríveis, eu não confiava em mim, bastava um erro e eu estragava tudo que havia no mundo.

— É ela ou não é?

Tive de admitir, embora nunca a tenha visto tão de perto, que se tratava justamente da milanesa.

— É ela.

— E então?

— Quem se importa? Eu nem estava procurando por ela.

— Mentiroso. Você chegou correndo e gritando: onde está?

— Quando? Eu não estava falando da milanesa, mas da bicicleta.

— Você falou da milanesa.

— Não, da bicicleta.

E, para provar a ele, peguei a bicicleta, levantei-a do chão e expliquei que precisava terminar as tarefas e tinha pouco tempo, mas, para descansar dez minutos, desci correndo para fazermos o jogo da coragem.

— Tem certeza?

— Tenho.

Lello se mostrou pouco convencido. Tinha ouvido muito bem que eu procurava a menina e quis me cutucar para evitar reticências. Disse:

— Se você veio por causa da milanesa, pode esquecer. Ela e eu já nos falamos duas vezes, e assim que eu puder, vou me declarar.

Senti tal baque no peito, que reagi sem nenhuma prudência:

— Não faça nada com ela, idiota, eu a vi primeiro e já nos cumprimentamos há um mês.

— Nós estamos mais adiantados, já conversamos.

— Então pare de conversar.

— Ou então?

— Ou então eu pego o bastão de passeio de meu avô, que tem uma espada dentro, e te mato.

Um belo diálogo — me pareceu —, quase como nos livros. Sem contar que aquela referência ao bastão causou um enorme efeito em Lello. Esqueceu-se na mesma hora da milanesa e passou a me pedir várias informações sobre como era o bastão, como era a empunhadura, se a espada era curta ou longa, se brilhava ou reluzia, principalmente se o deixaria ver, o bastão de passeio de meu avô, pelo menos de longe. Não o descrevi, não prometi nada: como se sabe, não só jamais tinha visto o bastão, mas nem sequer meu avô. Apenas dei a entender que se tratava de um grande espadachim, e que eu não ficava atrás. Então cortei o assunto:

— Vamos fazer um desafio?

— Vamos.

— Eu vou primeiro na bicicleta.

— Não, eu.

— Eu falei primeiro.

Tratava-se de uma prova desmiolada, à qual nos submetíamos com frequência. Fazíamos um rodízio em que um era o ciclista e o outro, o pedestre. A missão do ciclista era pedalar a toda a velocidade na direção do que estava a pé, cujo papel consistia em esperar o bólido parado, esquivando-se dele o mais tarde possível com um movimento elegante. Se o pedestre não se comportasse assim e fugisse, queria dizer que era um covarde.

É claro que eu tinha um plano, bolado num piscar de olhos: a menina, atraída pela curiosidade, pararia de brincar para assistir àquele desafio heroico em que, devo dizer, eu brilhava tanto no papel de pedestre — me desviava no último momento, e de todo modo Lello era um menino direito, freava se percebesse que podia me atropelar — quanto no de ciclista — partia em direção a Lello com tal velocidade que só não o matei porque ele não confiava em mim, preferia ser covarde a ir parar no hospital. Enfim, o plano era que a milanesa notasse como eu dava o melhor de mim — e Lello, o pior — e me escolhesse para amar eternamente. Foi assim que começamos.

Montei na bicicleta, dei uma volta para ganhar velocidade. Lello se pôs à espera, assumindo uma bela pose. Então corri para atropelá-lo, anunciando-me com o som da campainha e lançando gritos selvagens para uso e consumo da menina de Milão, que — imaginei — já estava virando o olhar e pensava admirada: eu o reconheço, é aquele da janela, oh, finalmente. A postura combativa de Lello não durou muito, como de hábito, e ele logo se descompôs para escapar de modo pouco elegante, mas sábio, à minha trajetória de alucinado guerreiro a cavalo. Gritei, indo frear mais adiante: vil traidor, vai se arrepender, pagará caro por isso (pagar a corveia, tinha lido recentemente, mas não estava convencido), e outras falas de repertório. Mas tive de constatar que a menina e suas colegas continuavam placidamente sua brincadeira e, se é que me lançaram um olhar, permaneceram de todo indiferentes. A constatação me encheu de desgosto.

Cedi a bicicleta a Lello, me postei de pernas arqueadas e músculos tesos, esperei que meu amigo corresse para cima de mim. Lello deu sua volta, ganhou velocidade e partiu em minha direção, enquanto eu gritava: você não vai ganhar, idiota, vai ter de passar sobre meu cadáver. Então eis que a bicicleta se aproximava buzinando, e eis também — maravilha — que a menina finalmente me olhava, talvez tentasse entender que tipo de brincadeira era aquela, ou quem sabe temesse por minha vida e já estivesse concebendo a ideia de morrer em meu lugar, ah, era tão eletrizante que ela se preocupasse com meu destino como eu me preocupava com o dela dia e noite.

De fato, foi tão eletrizante que não me esquivei. Lello chegou sobre mim surpreso pelo absurdo de meu comportamento demasiado impávido e ainda bem que freou, mas não a tempo suficiente de evitar subir com a roda da frente no meu pé esquerdo e bater com o para-lama e o pneu áspero em meu tornozelo desprotegido.

7

Cada vez mais eu me incomodava de ser um menino, mas ainda não conseguia deixar de ser. Quanto à questão de perder a vida, tinha me fixado grosso modo neste ponto: perecer heroicamente no curso de guerras, terremotos, maremotos, febre amarela, incêndios, desabamentos de mina com eventual escapamento de gás, e ao mesmo tempo imaginar que morriam normalmente pessoas amadas em diversos graus, me parecia um momento alto do meu modo de organizar tanto o prazer quanto a angústia de existir, aliás, exagerando um pouco, até me dava alegria; mas me arranhar por acaso, sentir dor, ver o sangue, bem, isso ainda me parecia o lado intolerável da vida, tanto mais que se fazia acompanhar pelo chuvisco humilhante das lágrimas, e no momento não me consolava nem um pouco a possibilidade de fazer aquilo passar por uma ferida quase mortal. Também nisso minha velhice de agora tem alguma semelhança com a infância de então. Da morte, depois de temê-la enquanto estive na plenitude das forças, hoje não me importa mais nada; mas os cortes cirúrgicos, as intrusões da ciência para examinar, extirpar, fechar, e o despertar doloroso da anestesia, e os sofrimentos, a angústia, o purgar sangue, e agora estropiado, fraco da cabeça, imaginar o instante da passagem, isso não, isso me assombra, há até o risco de que depois de setenta anos eu recomece a chorar como ainda fazia por volta dos nove.

Quando Lello me atingiu, houve uma tal explosão de desordem — eu estava de pé, estava no chão, o céu rachara em minha cabeça, o asfalto tinha cedido, eu estava caindo? — que não só o choro, mas também a dor terminaram à espera dentro de alguma bolsa ou algum saquinho cerebral. O que me deixou espantado foi que Lello largou a bicicleta e começou a gritar não no italiano habitualmente usado entre nós: *nunnècolpamia, aggiofrenato, tesífattomalo, fammevedé, omaronnamia.** Depois dei por mim estirado no chão, não tolerei isso, me sentei depressa. Senti o tornozelo doendo e o examinei apreensivo. Estava tudo bem, só uma listra vermelha. Passei logo os dedos para uma verificação sumária, mas esse gesto me foi fatal. Os dedos deixaram a listra mais vermelha, foi como se a lacerassem, e apareceram estrias de sangue. Me senti perdido, tinha em torno de mim um grupo de meninos e meninas, esperei que a milanesa não estivesse. Como os desejos mudam bruscamente. Agora eu queria berrar e chorar à vontade, sem precisar me conter para bancar o corajoso e fazer bonito na frente dela. Tanto mais que Lello estava constatando: *tèsciosàng,*** um movimento de dentro para fora, uma fuga de mim, de meu interior, que me nublou a visão e me deu vontade de tornar a deitar no chão, fechando definitivamente os olhos.

Todavia, fiz o contrário. Forcei-me a ficar de pé, esfreguei os olhos como se não enxergasse bem e então, mancando de propósito, me encaminhei para o bebedouro de cabeça baixa. Não queria ver nem ouvir ninguém — de resto, muitos já estavam voltando às suas brincadeiras dizendo decepcionados: *nunsèfatteniént**** —, aliás, estava com tanta raiva de mim mesmo e dos outros que queria ter o bastão de meu avô para me vingar, rodopiando a espada flamejante, de qualquer um que estivesse são e salvo, quando eu me machucara muito. Lello voltou ao italiano:

---

* "Não é culpa minha, eu freei, você se machucou, deixe-me ver, oh, minha Nossa Senhora." ** "Saiu sangue." *** "Não foi nada."

— Quer se apoiar em mim?

— Não precisa, idiota, olha o que você me fez.

— Eu te acompanho.

— Antes só que mal acompanhado.

De fato, me afastei sozinho, olhos no chão, arrastando a perna gravemente ferida até o bebedouro. Ali a enxaguei com um cuidado maníaco e gemidos contidos. Entretanto, quanto mais eu me certificava de que o sangue não escorria, não gotejava, na verdade quase não existia — a ferida queimava um pouco, sim, mas não era o caso de estrebuchar e gritar —, mais me via tomado pela anemia — fera sempre à espreita se eu não comesse de vez em quando a odiosa carne de cavalo que produzia sangue — ou pelo tétano, outra misteriosíssima palavra que podia ocultar qualquer coisa, do verme à serpente, e que sempre meu ótimo pai, assim que acontecia de ralarmos o joelho ou nos cortarmos, temia mais que tudo por nós, seus filhos.

Então eu estava ali, me enxaguando no bebedouro, quando uma voz suave — nunca mais a esqueci — perguntou: posso beber? O sotaque era definitivamente estrangeiro; nenhum napolitano, menos ainda Lello, falava italiano daquele modo. No mesmo instante tirei o tornozelo e o pé nu, um excesso de emoções, a coragem, o desafio, o sangue, o esforço de ser macho sem chorar, e agora ela, justamente ela, a milanesa, que perguntava: posso beber? Respondi sombrio, áspero: sim, e recuei um passo.

O bebedouro tinha um jato firme, reto, uma longa agulha branca que se quebrava num gorgolejar monótono, espumando numa bacia suja de folhinhas, pedrisco e restos de papel. A menina abraçou com delicadeza seu corpo metálico, inclinou o busto, a cabeça. Não usava tranças — percebi — como Lizzie, a irmã de Kit, protagonista dos quadrinhos *O pequeno xerife*, tampouco cabelos soltos como Flossie, que era a namorada de Kit. Alguém lhe fizera um corte curto, talvez já pensando no calor que viria. Era toda escura: cabelos, sobrancelhas, a pele exposta ao sol da sacada, as pupilas. Mas, quando abriu a boca, exibiu dentes tão brancos, tão bem modelados, que eles brilharam em minha memória por toda a vida. A água se rompeu em seus lábios, escorreu pelo queixo, enquanto me fixava com olhos compridos, talvez maliciosos ou apenas curiosos. Bebeu por um tempo que me pareceu sinal de uma grande sede, mas por mim ela poderia beber toda a água do bebedouro, imóvel, para sempre, só pela beleza de olhá-la. No entanto, parou a certa altura, a água retomou o gorgolejar monocórdio, e me perguntou:

— Você se machucou?

— Não.

— Está saindo sangue.

— Um pouco.

— Posso ver?

Fiz sinal que sim. Ela se postou com as mãos nos joelhos, curvada para a frente.

— Está sangrando — constatou, apoiando o indicador da mão direita na ferida.

Dei mais um ai e respondi, seguro de que fosse a coisa mais certa a dizer:

— Gosto quando você dança como uma bailarina de caixinha de música.

— Eu também.

— Eu ainda mais. Mas não caia.

— Não vou cair.

— Mas, se cair, eu te salvo.

— Obrigada.

Ficamos ali, sozinhos, dentro de um cacho muito compacto de coisas e minutos, enquanto o bebedouro gorgolejava ao fundo e nós conversávamos do modo que acabo de reconstruir muito aproximadamente. Até que apareceu uma mulher loura e gorda, agarrou-a pelo braço e lhe disse raivosa, num napolitano idêntico ao de minha casa, sem nenhuma relação com o ítalo-milanês da menina: *cchitaratoperméss, eh, mestaifacènnascípazz, taggiocercatadapertútt, macómm, tujescecàsasènzadicereniént, moverímoquannetòrnanomammepapà, moverímm.** Então a levou embora, me deixando feliz e desesperado.

---

* "Quem te permitiu, hein, está me deixando louca, te procurei por todo lado, mas como, você sai de casa sem me dizer nada, vamos ver quando sua mãe e seu pai voltarem, vamos ver."

8

Minha escoriação foi desinfetada por minha mãe, examinada por meu pai ansioso pelo tétano e ignorada por minha avó, que, com um simples arranhãozinho meu, sofria tanto que se fechava de olhos baixos nas tarefas domésticas e de vez em quando movia os lábios sem emitir um som, talvez rezando, talvez imprecando contra a má sorte. Me queixei um pouco por causa da queimação da aguardente, mas que, quando não se tratava de desinfetar, eu apreciava muito seja por seu cheiro, que me tirava pouco a pouco as forças, seja por sua proximidade com os fantasmas, seja pelas cerejas curtidas nela. Pelo que me lembro, me esqueci logo da ferida, estava anestesiado de amor.

Começou um período de alegre trepidação. Não via a hora de ter outras conversas com a milanesa, agora os olhares da janela para a sacada me pareciam insuficientes. Já no dia seguinte ao ferimento, esperei que ela reaparecesse no balcão, mas não aconteceu. Depois fui ao bebedouro no mesmo horário, esperando encontrá-la ali, bebendo, e ouvir de novo como pronunciava de maneira melodiosa cada palavra. Em vez disso, encontrei Lello, que me examinou o tornozelo e disse aliviado:

— Não foi nada.

— Saiu pelo menos um litro de sangue.

— Mas você está bem.

— Mais ou menos.

— O que a milanesa lhe disse?

— Não é da sua conta.

— É, sim, quero me casar com ela.

Naquele ponto, travamos uma longa disputa e chegamos a planejar um duelo de vida ou morte, a ser realizado no local apartado do pátio onde ficava a fossa dos mortos. Discutimos sobre as armas. Eu optei pelos ferros da armação de um guarda-chuva que tínhamos escondido na área dos porões. Ele se opôs, queria a todo custo que combatêssemos com o bastão de meu avô. Objetei dizendo que, se ele duelasse com um simples ferro de guarda-chuva e eu com a espada flamejante, eu ficaria em vantagem e com certeza o mataria. Isso não o perturbou, sua curiosidade de ver o bastão era tanta que, para satisfazê-la, estava disposto a morrer. No fim das contas, ele fez tantas e tais exigências que foi preciso adiar o duelo, embora eu tivesse urgência de trucidá-lo.

Passei a refletir sobre o que fazer. Apesar de agora os dias serem todos de sol, a menina não voltou mais para a praça sozinha, e mesmo na sacada apareceu poucas vezes. Quando as raras aparições se verificavam, eu corria para me fechar no banheiro, botava a cara na janela, olhava para ela, cumprimentava, às vezes balançava a perna gravemente ferida além do peitoril para que a visse. Não posso dizer que correspondesse com entusiasmo a essas minhas demandas por atenção, mas com certeza se mostrava curiosa e de vez em quando saudava com a mão. De todo modo, não havia possibilidade de outras trocas — uma conversa gritada, por exemplo —, antes de tudo porque todos me ouviriam dentro e fora de casa, e depois porque a mãe e o pai dela frequentemente surgiam na sacada — ambos belos senhores milaneses, ainda que a meu ver minha mãe e até meu pai fossem mais bonitos —, assim como a bruxa gorda que falava um napolitano normal e a levara para longe de mim.

Agora minha cabeça queimava, eu não conseguia esquecer a água do bebedouro que lustrava os lábios e os dentes da menina de Milão. De noite, antes de dormir, me via escalando a calha até a sacada, embora ali ao lado não passasse calha nenhuma. Ou até voava, pendurado numa corda desde a janela do banheiro até a sacada, de minha área sempre na sombra até a dela, sempre no sol. Eu me afligia e achava, entre preocupado e satisfeito, que aquelas aflições fossem uma manifestação de minha excepcionalidade. Somente mais tarde entendi que se tratava de uma maluquice comum aos meninos de qualquer idade, quando põem as meninas no topo da lista de seus numerosos devaneios.

A certa altura me pareceu uma boa solução mandar uma mensagem à milanesa em que eu dizia: suplico que fale apenas comigo, e não com Lello. Pensei em escrevê-la numa grande folha arrancada do rolo de papel que meu pai usava para desenhar, mas por fim renunciei, não achei prudente, a vizinhança poderia ver. Depois de muitas alternativas, preferi confiar na mais segura caixa vermelha dos correios, que ficava na praça e que eu já usava para enviar aos vivos e aos mortos meus versos. Não me custava nada, bastava esperar que não passasse ninguém. Eu subia numa mureta rente à caixa postal, me inclinava e jogava ali minhas folhas de caderno, não sem antes ter desenhado um selo. Em geral não punha o destinatário, versos e prosas eram implicitamente endereçados ao gênero humano. Mas naquela ocasião escrevi em primeiro lugar, bem no alto da folha: para a milanesa; depois desenhei um selo, colorindo-o com pastéis; por fim, com a esplêndida grafia que às vezes Benagosti elogiava, escrevi primeiro a mensagem que eu já tinha concebido — suplico que fale comigo, e não com Lello — e depois a enriqueci com: eu sou bem mais forte e mais bonito que ele. Inebriado com o prazer da composição, fui postar a missiva, e assim que o fiz, Lello apareceu às minhas costas.

— O que você botou aí dentro?

— Que te importa?

— Me diga.

— Uma carta de meu pai para o pintor Mané. Conhece?

— Não.

— Está vendo? Você não sabe nada e quer se casar com a milanesa.

— As pessoas se casam mesmo sem conhecer os pintores.

— Não com a milanesa.

— Ela decide com quem quer se casar.

— As espadas decidem. Vou te matar e me casar com ela.

— Tudo bem. Mas só se trouxer o bastão de seu avô.

Estava obcecado pelo bastão. Então me veio a ideia — acho — de construir junto com meu irmão, que era bom em construir, um bastão que, se você o empunhasse e puxasse, desembainhava uma das agulhas de tricô da vovó que era, como espada, muito mais real que as ferragens de um guarda-chuva. Aqui está ele, eu poderia dizer a Lello. E então: em guarda. Teria sequência uma longa e perigosa troca entre os espadachins, e por fim — eu contava com isso — a morte de Lello num lago obviamente de sangue.

9

Para minhas invenções sempre precisei, desde pequeno, de uma pitada de verdade. Então resolvi recuperar a velha foto de meu avô e minha avó, da qual tinha uma pálida lembrança. Se quisesse fabricar direito o bastão falso, devia pelo menos dar uma olhada no verdadeiro, por isso torcia para que a arma aparecesse naquela imagem. Comecei a perseguir minha avó, tentando fazer passar por afeto de neto ao seu marido morto minha urgência de estudar o bastão-espada. Ela ficou mais corada que nunca, vacilou, disse que eu devia esperar. Entendi que ela precisava achar o momento adequado, momento que — intuí — coincidia perfeitamente com aquele em que meu pai não só estivesse ausente de casa, mas também houvesse a certeza de que não voltaria de uma hora para outra.

Não queria se submeter ao sarcasmo — às vezes autênticos insultos — com que ele lhe falava de seu passado distante de mulher amada, noiva, casada. Sogra — dizia meu pai quando estava de bom humor —, diz a verdade, cê não se lembra mais de como aconteceu, já passou tanto tempo, cê tava cega, cê tava dormindo, vai saber por quê, talvez tivesse com sono e chegou esse cara e te engravidou, fuc-fuc-fuc, e nasceram dois filhos, uma bonita, graças ao pai eterno, e um feio, pouco inteligente, bem como deve ter sido seu marido pedreiro, paz à sua alma, mas o que vocês queriam, cada um põe nos filhos o que tem, por isso o filho homem veio um cretino e tão pão--duro que nunca me deu um centavo para seu sustento, de modo que se leva aqui uma vida de madame é só por causa de minha generosidade de grande artista, é verdade ou não é, mas agora vai chorar, por favor, sogra, não fique brava, só tô brincando, eu gosto de você.

Mais ou menos assim, mas minha avó não gostava nada dessas brincadeiras e ficava furiosa. Contraía os lábios, lutava contra as lágrimas, se escondia em si mesma para escapar dele, e escondia debaixo da sua cama na sala de jantar, dentro de uma caixa de madeira escura, as poucas coisas que possuía e nas quais ele não devia pôr os olhos de jeito nenhum, visto que, sem nenhum respeito, já falava demais.

Como eu também me escondia de meu pai, entendia um pouco os sentimentos dela. Percebia que sua caixa de segredos era parecida com minhas fantasias e jogos secretos, que eu interrompia ou me sumiam dos olhos assim que ele chegava em casa, como se fosse um anjo de penas negras vindo da fossa da morte. Por isso é que eu voltava insistentemente a pedir que me mostrasse aquela foto, mas só se meu pai não estivesse e fosse certo que só voltaria depois de algumas horas. Insisti, insisti, e ela por fim cedeu. Ajoelhou-se, tirou a caixa do escuro profundo sob a cama, vasculhou dentro dela, achou a foto, empurrou de novo a caixa para a escuridão e se ergueu com um gemido.

Este — quero sublinhar — é um momento importante de minha infância, mas não tem um espaço delimitado, um tempo atmosférico, uma luz, o calor e a respiração de minha avó. O momento, na memória, é ocupado apenas pela fotografia, um retângulo de papelão amarronzado com numerosas marcas de rachaduras brancas na imagem. Não há nada mais nela, nem eu estou lá. Então procedo por aproximação e imagino que corri o olhar de imediato para meu avô, o morto arrebentado que ali ainda era um jovem de pé, o tronco um pouco inclinado, o cotovelo apoiado no espaldar de uma cadeira, o cabelo muito preto e brilhante, penteado para trás, uma testa não muito pequena nem grande acima de sobrancelhas cerradíssimas, tenebrosas, e olhos benévolos, o branco da camisa sob a roupa escura, a gravata listrada, curta, fixada por um prendedor de algum metal precioso, o lenço no bolso e, por fim, o prodigioso bastão.

Ele existia mesmo, uma haste de madeira escura com um pomo que talvez fosse de prata. Mas não se apoiava nele, como seria natural. O bastão era um sulco em diagonal entre o busto e o ventre, e ele o segurava com ambas as mãos. Pensei: ele o carrega assim porque, se alguém tipo meu pai ofendê-lo, ele com a esquerda aperta o bastão e com a direita agarra o pomo e extrai a espada. De fato, eu já podia até ver meu avô regressando da morte para trespassar o genro, por causa do deboche contra a mulher que foi sua esposa. Era uma obrigação. Todo mundo, cada existência singular, se contorcia por dentro numa guerra cruel. Nós, homens, tínhamos de um modo ou de outro que viver sempre em alarme, sempre à espera de agredir ou ser agredido, sofrer ofensas para depois nos vingarmos, ou praticá-las nós mesmos e em seguida liquidar os prováveis vingadores, ah, magnífico, esse era nosso destino, e nem a morte nos apaziguava, ao contrário. Com que gesto elegante e furioso o jovem cadáver de meu avô já saltava vivo da foto e agora desembainhava a espada, traçando com ela um meio arco no ar acastanhado, antes de apontá-la para mim, convidando-me a um duelo de brincadeira. Minha avó perguntou timidamente, com a voz muito emocionada:

— Era bonito?

— Era.

— E eu?

Só por causa dessa pergunta me dei conta de que ela não estava ao lado de meu avô. Procurei-a com atenção desinteressada. E a vi, estava sentada na cadeira — ou talvez fosse uma poltrona de princesa — na qual se apoiava com um braço o jovem armado de bastão. Realmente, foi ela a surpresa tremenda. Quantas joias estava usando, e agora não possuía mais nada: brincos pingentes com pedras preciosíssimas nos lóbulos, um broche de brilhantes que parecia um pequeno cometa, uma cruz pendurada numa correntinha de ouro, um relógio que lhe pendia no colo suspenso por um longo cordão reluzente, um bracelete e pelo menos três anéis, dois numa mão, um na outra. Sentava-se envolta numa longa veste que lhe chegava aos escarpins, ampla a partir dos quadris e a descer pelas pernas cruzadas, mas estreita na cintura, no peito — com botões, pregas, rendas e babados —, de um tecido sabe-se lá de que cor, o marrom difuso da foto, sulcado por crestas brancas, não permitia dizer. Dessa roupa se elevava um pescoço longo, altivo, sobre o qual — incrível — desabrochava a estupenda corola dos cabelos, ampla, macia, escuríssima, em volutas presas por sabe-se lá que pentes e presilhas. Por fim o rosto, ah, que traços delicados, que formato de olhos, que maçãs do rosto, que desenho dos lábios. Olhava reto em minha direção, e eu pensei: não é possível, tive uma espécie de convulsão dentro da cabeça.

— E eu — insistiu minha avó apreensiva —, como estou?

— Lindíssima — respondi.

E era verdade, era mesmo linda, mas pela primeira vez na vida tive a impressão de que as palavras pudessem, em certas circunstâncias, se tornar um brinquedo dotado de um mecanismo interno que, de repente, já não funcionava bem. O que ela queria saber, o que eu lhe respondi? Queria saber como era agora — tinha perguntado: *commesóng* —, mas qual agora, onde, fora da foto, dentro? Em suma, a que tempo aludia com aquele *commesóng*/como estou, a quem? À avó que estava me mostrando a foto ou àquela que, na foto, estava ao lado do morto com o bastão? Me senti perdido na fantasia. Pensei que, se aquela maravilhosa senhora era de fato minha avó, devia ter morrido de dor junto com o marido pedreiro; e que a feiíssima avó que estava ao meu lado devia ser um raro exemplo de avó viva que, no entanto, muitos anos antes, tinha falecido, ou talvez tivesse ido generosamente à fossa dos mortos buscar o marido, mas depois se virou para olhá-lo, perdeu-o de novo e voltou entre os vivos arrasada pela horrível experiência. Que pena, porque, se ela tivesse continuado avó como era naquela foto, a avó da milanesa não suportaria a comparação, aliás, eu chamaria continuamente a minha à janela para indicá-la com orgulho à menina e lhe dizer na primeira ocasião, quem sabe ao lado do bebedouro, depois de ter matado a sede: você é mais linda que minha avó, que, como pôde ver, é bem mais bonita que a sua.

10

Graças a meu irmão, que, mesmo sendo dois anos mais novo que eu, era bem mais esperto e hábil, nasceram do nada dois bastões de cartolina pintados de preto, dentro dos quais entravam perfeitamente dois ferros de tricô pertencentes à minha avó, cada um bem fixado numa empunhadura de madeira branco-acinzentada que, ao sol, parecia de prata. Fizemos um teste entre nós dois, para verificar se se duelava bem, e descobrimos que se duelava otimamente. Para completar o trabalho, só pedi a meu irmão que tirasse a ponta da futura espada de Lello e apontasse muito bem a minha com a lima, o que ele fez com perfeição.

Seguiram-se trabalhosas tratativas com meu colega de brincadeiras, que estava desconfiado.

— Você vai levar o bastão?

— Vou levar dois.

— Não acredito.

— A gente se vê amanhã.

— Amanhã eu já estou ocupado.

— Depois de amanhã.

— Não sei.

— Está se borrando de medo?

— Você é que está.

— Você está pálido, com medo de morrer.

— Não estou nem aí para morrer.

— Só quero ver.

— De todo modo, se eu morrer, me caso mesmo assim com a milanesa.

— Depois de morto, você não pode mais se casar.

— Veremos.

— Veremos o quê? Não é possível e ponto-final.

Era irritante ver Lello insistir naquele plano de casamento e não querer largar o osso nem se estivesse morto. Só consegui perturbá-lo quando lhe disse:

— Você não sabe brincar.

— Eu brinco muito bem.

— Juro que não brinco mais com você.

Fiz que ia embora, ele veio atrás de mim:

— Tudo bem, amanhã de tarde, às quatro.

— Coisa nenhuma, não brinco com quem não sabe brincar.

— Sei brincar melhor que você.

— Então vamos ser claros: se você morrer, eu me caso com a milanesa.

— Tudo bem, leve os bastões.

Como eu disse, ficamos de nos encontrar na fossa dos mortos, mas pouco antes de eu escapar de casa e correr ao encontro com meu irmão, que queria de todo jeito levar pessoalmente as armas prodigiosas feitas por ele, aconteceu um imprevisto. Dei uma espiada pela janela e vi que a menina estava na sacada, fazendo uma coisa que não fazia há muito tempo: dançava. Vacilei: o que fazer? Faltar ao duelo e ser rotulado de covarde, sem desgrudar os olhos da menina para que ela soubesse que era o centro de todos os meus pensamentos, ou correr para o duelo, como eu sentia a urgência de fazer, abandonando-a a si mesma, figurinha negligenciada, talvez tão infeliz a ponto de subir no parapeito e dançar perigosamente sobre o abismo?

Por um longo minuto, queimei de amor e de violência. Ela dançava, e cada pirueta sua me prendia ali, mas também me obrigava a correr logo para a fossa dos mortos e experimentar, no combate mortal com Lello — o rival que queria macular a pureza da milanesa —, as armas preparadas por meu irmão. Hoje meus netos trucidam e são trucidados em jogos virtuais muito disputados. Nós brincávamos de matar e morrer em concretos cenários domésticos, na rua, no pátio, numa perigosíssima confusão de realidade e ficção, tanto que bastaria errar de porta ou de beco para topar com uma mão realmente armada. Eu olhava a menina ao sol e seus movimentos eram não só graciosos, mas também doces, doces a ponto de eu desejar ter um braço longuíssimo para chegar até ela com a ponta dos dedos e depois lambê-los como se tivesse tocado um algodão-doce. Tive uma ideia que me pareceu definitiva: por que duelar atrás do canteiro, em frente à tampa da fossa dos mortos? Por que não matar Lello na rua, depois de um longo combate, debaixo da sacada da milanesa?

Meu irmão e eu corremos ao encontro. Lello já estava lá, ao lado da fossa, impaciente.

— Onde está o bastão?

— Trouxemos dois, assim será um duelo com paridade de armas.

Meu irmão lhe mostrou os bastões. Lello os examinou e protestou decepcionado, não eram o que ele esperava. Meu irmão se ofendeu e lhe disse: seu idiota, olhe bem, são bem melhores que qualquer outro bastão desse tipo; então lhe mostrou como se sacava a espada, a fatura do cabo, a verossimilhança das lâminas. Ele ficou de queixo caído, teve de admitir que nunca tinha visto nada parecido, e eu logo intervim:

— Estou com pressa; se não quiser duelar, vou procurar outro.

— Tudo bem, vamos começar.

— Não aqui.

— Onde?

— Debaixo da sacada da milanesa.

— Quer morrer lá?

— Quero.

— Então vamos.

Saímos para a praça, dobramos à direita correndo e depois mais uma vez à direita. Que tarde esplêndida! Chegamos sem fôlego, Lello gritando para chamar a atenção da menina, eu alguns metros atrás, gritando mais alto que ele, meu irmão — que levava as armas para evitar que as estragássemos — logo em seguida, em silêncio. Eu trepidava, ela apareceria, não apareceria, esperava que sim, e talvez Lello também. Meu irmão distribuiu os bastões, Lello sacou sua espada e fez uma pose de grande espadachim, eu saquei a minha sobretudo para verificar se era a afiada. Fiquei contente, era mesmo a espada certa, meu irmão era sempre da máxima confiança. Mas fiquei ainda mais contente quando notei que, do parapeito da sacada do segundo andar, apareceram o rosto, depois os ombros, depois até o busto da menina. Sim, ela também não era de evitar perigos, mesmo sendo mulher. Quem sabe sobre que objeto ela subira, agora se debruçava para ver bem o que eu estava aprontando, eu não queria nem imaginar que se interessasse pelo que Lello aprontava. Era esplêndida, um reflexo de luz brilhava em sua cabeça como uma centelha. Ataquei Lello sem que fizéssemos a saudação dos duelantes, coisa em que normalmente éramos hábeis. Fiz isso para evitar que ele a percebesse e olhasse para ela. Com essa descortesia, o duelo começou.

Foi um longo combate, memorável, a sede de nossas primeiras narrativas, aquelas que chamamos de lembranças ou recordações, as mais emocionantes e mais enganosas. Quanto aos fatos, não sei, durou talvez o suficiente para que Lello e eu nos imaginássemos robinhoods, mosqueteirosdorrei, paladinosdefrança em luta pela exclusividade sobre rainhas, princesas, mulheres em geral que, quase como tesouros escondidos, ninguém poderia nos roubar sob pena de morte. Acho que gritei todo o tempo palavras de esgrimista, assimiladas quando li um volume desconjuntado que o marido policial de uma irmã de minha avó me presenteara. Redobro, berrava comentando minhas ações, estocada, quarta, toque, afundo. Palavras que não correspondiam à realidade. Nunca fiz duelos, nem um pouco de esgrima, nada de nada em toda a minha vida, só de boca. No entanto me dei conta de que a menina se preparava para agir e já subia no parapeito, pondo-se de pé. Evidentemente estava cansada de ficar nos olhando e queria um pouco de atenção. Eu dava golpes enquanto mantinha o olho nela, mas agora mudo, e só pensava: quando cair, eu corro e a pego entre os braços. Só que, justo quando ela começou os primeiros passos de dança, me dei conta de que golpeava o ar, a espada de Lello não estava mais lá. Ele a baixara por um momento — a ponta tocando a calçada — e olhava pasmo a milanesa, o flanco tão estupidamente desguarnecido à minha lâmina que pensei furioso: está mais apaixonado que eu. Foi um instante. A mulher gorda irrompeu, agarrou a menina e gritou sem parar: *tummevuofàmuríammé, tummevuofàmuríammé*, e a arrastou para dentro de casa, continuando a esbravejar. Minha avó gritou da janela: *chivaddàtoperméssescénnereabbàsce, turnatesubbetoccà*.* Eu golpeei Lello por ciúme, metendo-lhe o ferro de tricô no braço.

---

* "Você quer me matar, você quer me matar; quem lhe deu permissão para descer aí embaixo, volte logo para cá."

II

Bem naquele período eu tinha transformado o sangue — sobretudo o alheio — numa ficção, e não me assustei nem chorei. Já Lello berrou, se debulhou em lágrimas e espantou meu irmão, que recolheu as espadas e voltou para casa. Fiquei um tempo examinando a ferida de meu inimigo, que no entanto se subtraía gritando em napolitano: *strunzguardachemmefatt.** Eu rebatia: e você a mim? — e lembrava a ele de quando me feriu o tornozelo com a bicicleta e eu não disse nada, nem sequer um suspiro, fui educadamente me lavar no bebedouro. Venha, lhe disse, não chore, eu te lavo, se chorar *nunsinòmm.*** Para me mostrar que era homem, e não uma mulher, Lello se esforçou para não chorar, foi comigo ao bebedouro e pôs o braço sob o jato d'água. Porém, quando viu a ferida, caiu no choro de novo e eu também me impressionei, deixei-o ali, voltei para casa.

Depois vieram muitos problemas, inútil mencionar todos. Basta dizer que eu precisei prestar contas a minha mãe, a meu pai, à mãe de Lello, ao pai de Lello e a um irmão mais velho que nós, o qual dois dias depois atirou pedras em mim, me deu um soco e alguns pontapés. Apenas minha avó ficou do meu lado e até tentou insinuar que a culpa era de meu irmão, ele é quem tinha roubado as agulhas e feito as espadas, me levando para o mau caminho, eu nunca seria capaz disso. Só se chateou quando lhe disse: vovô também fazia duelos, o que eu fiz de

---

* "Idiota, veja o que você me fez." ** "Não é homem."

errado, é uma coisa normal. Murmurou: *nunnamaifattonuduèll,*[*] e ficou muda por um tempo que não me lembro.

Seja como for, logo me esqueci de tudo. O próprio Lello se esqueceu, e voltamos prazerosamente a ser rivais. Foi ele quem me disse que a milanesa tinha viajado para uma coisa que se chamava vilegiatura, mas que voltaria no fim do verão e aí poderíamos de novo tentar nos matar por ela. Foi ele quem me mostrou as folhas que eu tinha enfiado na caixa postal, dispostas ordenadamente e presas por uma pedra sobre a mureta. O carteiro, que as lera, não só deixou aqui e ali alguns "excelente" com ponto de exclamação, mas também corrigiu os erros de ortografia.

— Você não sabe escrever em italiano — disse Lello, satisfeito.

— Sei escrever melhor que você.

— Não, você comete erros de ortografia, eu não.

— São poucos.

— Eu, nenhum.

— Mintiroso.

— Quer ver? Como é que se escreve mentiroso?

— Mintiroso?

— Sim.

— M-i-n-t-i-r-o-s-o.

— Errado. Não se escreve com *i*, mas com *e*.

— E quem disse isso?

— O dicionário. Você faz poesias, mas não sabe escrever.

Levei as folhas comigo um tanto deprimido: primeiro, porque nunca tinha visto um dicionário, em minha casa não havia nenhum; segundo, porque não podia mais contar com a magia do buraco das cartas, que se tornara, como depois aconteceu com tantas outras coisas do mundo, uma caixinha de ferro comum, de vermelho vivo; terceiro, porque estava claro que

---

[*] "Nunca fez um duelo."

minha mensagem para a milanesa nunca chegou ao destino. Por isso decidi que, quando ela voltasse da vilegiatura, iria lhe entregar pessoalmente, superando todos os obstáculos que nos separavam, os poemas que eu tinha escrito e escreveria para ela. Entretanto me dediquei a uma série de atividades que deviam ajudar a passar depressa o verão: guerrear com Lello e ler os quadrinhos que ele tinha em grande quantidade e me emprestava; treinar as cambalhotas na barra de ferro; recolher folhas de todos os tipos e estudar como, vivas, eram lindas e lisas, depois perdiam a cor, a forma, e por fim secavam até parecerem folhas de papel sujo, que se desfaziam a um leve toque.

Mas acima de tudo estudei minha avó. Agora que eu a tinha visto na fotografia, me parecia evidente que o jovem com a espada no bastão só precisou de um olhar para ser vencido pelo amor, pelo menos tanto quanto eu fui vencido ao ver a milanesa. Não duvido que — pensava —, se a vovó da fotografia viesse para fora do cartão marrom e aparecesse aqui na cozinha, eu poderia amá-la e, seguro de sua concordância, quem sabe esposá-la e me fazer fotografar com ela, armado. Mas que relação havia entre aquela avó e a avó que eu tinha agora? Nenhuma. Eu a fiz jurar uma ou duas vezes que era ela mesma na foto, mas, ainda que tenha jurado, eu não conseguia ver nenhum ponto de contato, e no entanto excluía que ela perjurasse, pelo menos não diante de mim. O certo é que sua transformação abria numerosos problemas. De minha mãe também havia algumas fotos, mas ela, que nas fotografias era mais ou menos, na realidade de agora era belíssima. O que eu devia pensar? Ela mais tarde sofreria as mesmas transformações horríveis de minha avó? E a milanesa? Que quebra-cabeça tremendo — pensei a certo ponto, estudando minhas folhas —, com certeza a solução tem algo a ver com a morte. Minha avó belíssima, por amor, tinha ido trabalhar com o jovem marido na fossa dos mortos sob as ordens dos anjos de penas negras.

E deixara em nossa casa — cogitei — uma avó feia, que se secava e desfazia como as folhas que eu arrancava de árvores e arbustos. Por isso às vezes, enquanto brincava mentalmente de ser o grande poeta Orfeu que queria salvar Eurídice e circulava naquele canto secreto do pátio onde ficava a fossa, imaginava que, se aquela fosse mesmo a tampa dos mortos e eu realmente conseguisse romper a tranca, talvez pudesse tirar dos ínferos a avó da fotografia, talvez até o jovem avô, e dar em troca aos anjos a avó de casa, que era uma grande trabalhadora e mais adequada a labutar nas trevas.

Naquele verão, tentei várias vezes atrair Lello para aquela brincadeira, mas sem sucesso. Queria que ele fizesse o papel de meu fiel escudeiro, alguém que depois morreria e eu devia ir combater com os anjos negros para trazê-lo de volta à vida antes que os vermes o devorassem. Mas, depois da grave ferida no braço, ele teve um avanço brusco no crescimento e acreditava cada vez menos naquelas fantasias, com a consequência de que também eu não sabia mais crer plenamente nelas e, quando me dedicava a isso, mesmo que fosse apenas em solidão, já não era capaz de me empenhar como no passado, e em parte me aborrecia, em parte me envergonhava. Entre julho e agosto só consegui arrastá-lo duas vezes à fossa dos mortos. Na primeira vez brincamos bem, mas na segunda, um pouco porque recomecei com a história dos anjos negros, um pouco porque quis convencê-lo de que os rumores que vinham lá de baixo eram os gritos de meu avô, que me pedia para ajudá-lo, ele falou: você é mesmo bobo, e foi embora.

O verão terminou e eu me sentia sozinho, pensando cá comigo enquanto espiava a sacada ainda vazia da milanesa, que provavelmente Lello tinha razão, eu era um bobo. Talvez, com dor, até minha avó pensasse assim; fazia um tempo que parara de me encorajar e, se me via na janela, ficava mais sombria que de costume e trocava olhares preocupados com minha mãe, que, preocupada por sua vez, me dizia: comprei *Tex* e até *O pequeno xerife* para você, vá ler um pouco, vá. Eu lia Tex e Kit, mas assim que apareciam Lizzie com tranças e Flossie sem, voltava à janela.

Nos primeiros dias de setembro, encontrei Lello e falei:

— Quando essa vilegiatura acaba?

— Que vilegiatura?

— A vilegiatura da milanesa.

— Ainda está pensando na milanesa?

— Você não?

— Não acredito que você não soube de nada.

— E o que é que eu devia saber?

— O mar estava com ondas muito fortes, e a milanesa se afogou.

Tive uma reação exagerada. Era como se eu perdesse as pernas, senti que elas estavam indo e me deixando apenas o tronco e a cabeça. Foi uma experiência inteiramente nova. Minha vista embaçou, tive um aperto de repulsa no estômago como quando via no prato um pouco de salsinha e me parecia uma mosca morta. Caí desmaiado, primeiro em cima de Lello e depois no chão.

Foi meu amigo quem me levantou, mas sem se assustar, já que tinha uma irmã mais velha que desmaiava com frequência. Disse:

— Os homens não desmaiam, você é uma mulher.

12

Não me lembro se se falou muito da morte da milanesa, só tenho em mente as palavras de Lello, não encontro nada antes nem depois sobre esse assunto. Às vezes eu a escutava gritando brevíssimas frases harmoniosas em sua bela língua e ia até a janela; mas lá, no segundo andar, não aparecia ninguém.

Começou a chover, da chuva me lembro bem, sempre gostei dela. Chove no pavimento da sacada escurecida de poeira, o vento levou embora pequenas pétalas brancas, vermelhas, rosadas. A água pingava dos parapeitos e escorria ao longo da calçada, arrastando folhas e papéis até as bocas de lobo. Eu me encantava especialmente com as gotas que se formavam no arame onde minha avó estendia os panos. Fixava os olhos nelas, tão puras, e aguardava que se soltassem devagar, sustentando-se ao extremo com uma mão líquida.

Esqueci-me completamente do plano de, em caso de morte, ir buscar a menina no além-túmulo. Não foi negligência ou insensibilidade, mas a saúde ruim. Depois da notícia que Lello me deu e do desmaio, tive uma série de febres que minha avó atribuiu ao crescimento. Lembro-me de pesadelos durante os quais eu matava anjos de penas negras manejando perfeitamente a espada de meu avô. Com frequência, no delírio, olhava extático a milanesa no bebedouro, mas de repente a água que estava bebendo se transformava num mar tempestuoso de ondas enormes e amarelas sob um céu de areia. Ficava particularmente agitado quando descobria que ela se tornara sutil como certas nuvens. Só de vê-la daquele jeito eu perdia espessura até a transparência, e isso me dava um grande medo.

Aquelas febres de crescimento não me deixaram em paz por vários meses: eu melhorava, voltava à escola, piorava e sobretudo estava sempre nervoso, com a cabeça nas nuvens. Naquele estado, de vez em quando lançava um olhar à sacada e descobria que algo havia sumido: os velhos caixotes de fruta, os apetrechos para varrer e lavar, um móvel amarelado. A certa altura, me pareceu que aquele espaço, antes tão povoado de gestos graciosos e passos de dança, era mais impressionante e escuro que a fossa dos mortos, mesmo sem tampa. Assim a lápide de pedra no pátio aos poucos deixou de me provocar a antiga trepidação. A última vez que passei por lá a título de exploração, algo se lançou do fundo contra a tampa. Foi um choque violentíssimo, que fez vibrar a corrente e a tranca, mas nem me ocorreu de escapar. Esperei para ver se se repetia, não aconteceu nada, e voltei para casa.

Seguiu-se um período longo, longuíssimo, em que num dia me lembrava da caixa debaixo da cama de vovó, noutro dia recordava não só o bastão, mas também as roupas de meu avô, a gravata curta, a camisa, o lenço no bolso, noutro dia ainda, sem conexão aparente, me concentrava num vestido branco da milanesa sob o sol, no colarzinho que tinha visto em seu pescoço enquanto bebia água.

Em certa ocasião, pedi a minha avó que me mostrasse tudo o que ela guardava do marido. Como as febres me faziam crescer tanto a ponto de deixá-la preocupada — dizia que eu espicharia até o teto —, não fez objeções e me mostrou tudo de uma vez. Então descobri que ela não guardava nada de memorável naquela caixa, apenas velhas fotografias das irmãs, alguns documentos sem interesse para mim e o prendedor de gravata, que nem sequer era de ouro e aparecia naquela única foto amarronzada com o marido. Pedi que me prestasse contas das coisas do vovô: as calças, o paletó, a camisa, os sapatos, as meias, as cuecas, as ferramentas de pedreiro, o bastão, onde foram parar? Ela se mostrou confusa, sentiu que eu a estava acusando de uma culpa que não era clara para ela nem para mim. Ficou soturna, não respondeu, e me irritei por ela não ter tido nenhum cuidado com as coisas que haviam contido e de algum modo conservado o marido ao lado dela, antes que ele acabasse sob as nuvens, a chuva e o vento da fossa. Jogou tudo fora, perguntei cada vez mais hostil, deu de presente para os outros, vendeu? Hoje sei que naquela ocasião lhe causei uma grande dor, mas na época eu não me importava nada com sua dor, e por muito tempo conservei uma fúria que não se atenuava. Pensava na sacada da menina, nas bonecas, nos escarpins e nas sandálias, nas roupas e nas malhas e nas fitas para prender as tranças, coisas que deviam ter permanecido vazias, ou sem contato nem cheiro, mas que no fim se perderam.

Decidi que por toda a vida não deixaria que comprassem mais nada para mim, ainda que o crescimento encurtasse minhas roupas. Minha jaqueta estava cada vez mais apertada nos ombros, e as mangas mais curtas, mas que me importava? Tudo devia se consumar até a laceração. Ah, sim, qual o sentido de tomar banho, de se pentear, se arrumar todo, se um belo dia você sai de casa para trabalhar de pedreiro e se arrebenta inteiro, se num verão você sai de férias e se afoga? Queria me dedicar a uma vida de aniquilação, e minha avó me incomodava cada vez mais, descuidando de meus irmãos e me favorecendo de todo jeito. Dizia para minha mãe e meu pai, mas como se não falasse com eles: *chistuguagliónenunpoghíascòlaccussí*,* e queria que me comprassem sapatos novos ou me levassem ao barbeiro, porque meu cabelo estava muito grande e comprido. Meus pais faziam de conta que não ouviam, o dinheiro era pouco, e eu gostava de sentir todas as minhas coisas se consumindo. Queria me esfarrapar e me desfazer também no corpo.

* "Esse menino não pode ir à escola assim."

13

Também estraguei de propósito, creio, minha fama de aluno bonzinho. No ginásio, passei a me regozijar com o fracasso na escola. Quase me deleitava em contradizer as predições do professor Benagosti, seus exercícios de clarividência se mostraram muito imprecisos. Não se sabia quanto seria necessário para que a profecia se realizasse, os grandes sucessos que me aguardavam eram cada vez mais vagos. Sem sequer me dar conta, eu tinha passado das aventuras cavaleirescas às explorações dos polos Norte e Sul e à possibilidade de me tornar missionário para me dedicar aos desvalidos do mundo. Estava cansado, não podia me conservar à espera de coisas para as quais — eu temia — nunca surgiria realmente uma ocasião.

Enquanto isso, a sacada se encheu de outros inquilinos, todos rapazes sem nenhum interesse. E ainda bem que logo em seguida mudamos de casa, e dessa forma também mudou a paisagem que se avistava das janelas. Surgiram novos hábitos do olhar, me apaixonei muitas vezes. De todo modo, continuei desleixado em tudo, com os amigos, os estudos, ao passear pela cidade nos feriados. O amor me inflamava, mas logo me esquecia dele. Frequentemente só servia para fazer versos e contos.

De fato, por razões misteriosas, a escrita me parecia a única coisa que eu pudesse deixar com minha morte sem uma impressão de desperdício. Expressava com poeminhas e historiazinhas sobretudo aquela necessidade de me aniquilar antes que os fracassos e as desilusões me levassem em todo caso à aniquilação. Em geral, o resultado era desolador e por isso mesmo, em minha avaliação, bom. Guardava os papéis numa caixa de metal que, imitando minha avó, escondia debaixo da cama. Temia que meu pai, ao lê-los, descobrisse minha verdadeira carência de poeta e narrador, ou seja, os erros de ortografia, gramática, sintaxe, e me humilhasse.

Os anos passaram assim, e escrever aqui "os anos passaram assim" pode parecer um atalho, mas de fato aconteceu deste modo: os anos passaram fechados num único bloco compacto, dentro do qual sempre fiz e pensei as mesmas coisas, ou pelo menos assim me pareceu. No fim das contas, houve apenas uns dois eventos relevantes. Aos dezesseis anos, briguei com o professor de italiano porque, numa redação que escrevi, ele marcou de vermelho o verbo pontuar. Que me criassem problemas no italiano das sabatinas orais, tudo bem; mas, mesmo conhecendo minhas carências, achava insuportável que se insistisse num errinho e se desprezasse a harmonia do todo. Como ao menos naquele caso eu me sentia seguro quanto à ortografia, fui protestar.

— Por que o senhor marcou de vermelho?

— Não entende?

— Não.

— Leia o trecho em voz alta.

Naquele texto, eu tinha romanceado sobre o primeiro círculo do Inferno, e li:

— A luz lívida se estendia pelo prado pontuado de flores, onde os espíritos magnânimos entabulavam conversas muito inteligentes.

Os melhores da turma já sorriam, pérfidos. O professor perguntou:

— Pontuado de flores?

— Sim.

— Você sabe o que significa pontuar?

— Cheio de pontinhas.

Gargalhadas explícitas dos melhores.

— Meu caro amigo, isso é pontilhar. Para pontuar não precisamos de pontas, mas de pontos.

Fiquei bastante amargurado. Dizer bobagens em química me deixava indiferente, mas, quando escrevia, queria ao menos um elogio. Sem contar que, naquele caso, se tratava de uma redação sobre Dante, autor que eu já havia — caso não conseguisse realizar grandes ações práticas e fosse forçado a enveredar pela literatura — escolhido como modelo. Preciso melhorar meu vocabulário, tornava a prometer a mim mesmo depois de papelões como aquele, e acima de tudo preciso ter ideias literárias fora do comum.

Tive uma no ano seguinte, enquanto lia o Purgatório. A ideia se baseava em minha avó, apesar de nossas relações terem mudado um pouco. Sim, ela continuava irritantemente me favorecendo na distribuição da comida; sim, estava sempre ansiosa por minha saúde; sim, lançava mão de estratégias que me assegurassem na família confortos até superiores aos de que meu pai gozava. Porém, como se a partir dos doze ou treze anos eu tivesse milagrosamente me tornado mais velho que ela, além disso se verificara uma sujeição dela em relação a mim. Dava por certo que eu considerava uma estupidez qualquer palavra que dissesse, não me contava mais seus sentimentos e fantasias, tinha somado ao afeto desmedido um sentimento satisfeito de inferioridade, como se em minha presença se deleitasse em se sentir menor que um nada e por isso me concedesse de bom grado o direito de obrigá-la a qualquer coisa, até ao assassinato de meu pai, caso ele me fizesse sofrer. Então, numa tarde fui até ela, que estava absorta ao lado da janela — cada vez mais baixa, ao passo que agora eu era altíssimo —, e lhe perguntei entre o sério e o brincalhão:

— Você gosta de mim?

No passado, ela fizera muitas vezes aquela pergunta a mim, eu nunca a ela. Preocupada com a novidade, me disse:

— Sim.

— De verdade?

— De verdade.

— Então jure que, quando morrer, se vir que depois da morte existe alguma coisa, você vem me contar tudo tim-tim por tim-tim.

Ficou cinza, deve ter achado que eu estava lhe dando uma ordem muito difícil de cumprir. Disse:

— *Esinummefannovení?**

Discutimos e, por fim, ela prometeu. Mas não foi fácil arrancar essa promessa: para ela, os santos, Nossa Senhora, Jesus, Deus eram entidades reais, se dirigia a eles com devoção, se ressentia de estragar as relações nesse caso. Já eu, àquela altura, tendia à incredulidade e, por trás do tom meio debochado de meu pedido, havia a intenção de lançar luzes sobre o terreno e o ultraterreno. Se depois de morta minha avó voltasse do além com uma rica descrição do inferno, purgatório e paraíso, eu agiria de acordo, quem sabe me tornando monge. Se no entanto ela — que no afã de me contentar, depois de idas e vindas, concordasse em desobedecer até a Deus — não me enviasse sequer um sinal, eu deveria deduzir que não havia necas de nada depois da morte e que tudo estava destinado a se fazer e se desfazer de modo obtuso, inclusive a milanesa, de quem agora eu quase não me lembrava. Naturalmente, quer minha avó voltasse com um abundante material ultraterreno de primeira mão, quer se calasse para sempre, confirmando-me o Nada, eu pretendia escrever um conto inesquecível dentro do qual, nesse caso, incluiria na forma de um fantasma já desbotado também ela, a menina de Milão.

---

* "E se não me deixam vir?"

14

Uma vez obtida aquela promessa entre risadas e ares sombrios, afastei qualquer problema religioso e funéreo. Em vez disso, me dediquei um pouco aos estudos, a incursões literárias em outros setores do humano, a peregrinações noturnas que não levavam em nenhuma consideração como minha pobre avó não pregava o olho enquanto não me soubesse em casa e na cama. Depois me formei no colegial e tomei o caminho da universidade, lugar misterioso onde nenhum de meus antepassados jamais tinha posto o pé, nem por engano.

No início perdi tempo, não sabia em qual faculdade me inscrever. Num primeiro momento, me inclinei à engenharia para contentar meu pai, que me queria ver engenheiro das ferrovias. Depois pensei em matemática, porque tinha acabado de conhecer uma garota que fazia matemática, começamos a namorar, e eu não queria parecer menos inteligente que ela. Por fim escolhi letras, faculdade que me pareceu a melhor via para me tornar em pouco tempo o maior escritor do planeta.

Com esse objetivo li dia e noite, em edições surradas que adquiri em bancas de usados, vários autores da Antiguidade, numerosos romances, grandes e péssimos romances escritos entre os séculos XVIII e XIX, e não poucos gigantes da literatura nacional, de Guido Cavalcanti a Giacomo Leopardi. Teria me dedicado com prazer a algo mais recente, mas, como não tinha dinheiro para comprar literatura contemporânea saída da gráfica, quase nunca ultrapassei o século XIX e segui adiante razoavelmente. Estudar para a escola sempre me aborreceu um pouco — as datas, as notas de pé de página, as tarefas, as avaliações —, mas ler agora só por ler, e interromper a leitura apenas pela urgência de escrever eu mesmo cantos, cantigas, canções e decamerões, me pareceu um belo projeto de vida. Em qualquer oportunidade eu me exercitava em suscitar nos eventuais leitores, com palavras vigorosas, pensamentos de rebeldia contra os poderosos, bons sentimentos quanto aos desvalidos, quando preciso umas risadinhas, estimulando-os assim a comprometer sua vida pelo bem da Itália e do mundo.

Mas não durou. A universidade, talvez mais que a escola, se revelou inimiga daquela parceria entre leitura e escrita, e tive de aceitar muito a contragosto a ideia de me submeter a exames, voltar a decorar vidas e obras, repetir em voz alta e em bom italiano manuais de variadas histórias e geografias. Assim, passei a me extenuar pelos corredores e salas, tentando entender o que fazer em meio a uma multidão de estudantes tão erráticos quanto eu, e provavelmente com as mesmas ambições descabidas. Não sabia nada de hierarquias entre professores, habilitações, custo de livros e apostilas, horários, listas de frequência, esforços para obter informações da secretaria ou de zeladores. Por isso fui tateando e, a princípio, planejei prestar logo os exames de latim, italiano, grego, todos de familiar sonoridade acadêmica. Mas eram aulas lotadas, não se entendia grande coisa, os livros se mostraram ponderosos e de custo elevado, por isso me inclinei a matérias — papirologia, glotologia — que tinham o mérito de propor poucos e magros textos de estudo, e não muito caros.

De todo modo, também houve outra coisa que me impeliu naquela direção. Papirologia e glotologia eram vocábulos que eu nunca tinha ouvido na vida, nem na escola e muito menos em casa, e apropriar-me deles me pareceu uma maneira de assinalar aos amigos, parentes e à nova namorada uma espécie de sofisticação cultural.

— Que exames você vai prestar?

— Papirologia.

— Ah.

— Sim.

— E o que mais?

— Glotologia.

— Ah.

— Sim.

Enfim, tentei parecer alguém que sabia organizar o próprio futuro com previdência. Contudo, de fato não estava me organizando coisa nenhuma, só tinha devaneios na cabeça, e um dia me sentia no caminho certo, mas no outro já estava em dúvida. Talvez não tivesse nenhuma vocação para os estudos. Talvez não soubesse estudar, não aprendia bem e não escrevia coisas exaltantes. Talvez continuasse eternamente sem glória, malvestido, descabelado, oprimido como um estudante da Rússia tsarista pelo esforço de juntar dinheiro para os livros universitários, dando aulas a rapazinhos um pouco mais ignorantes que eu. Em resumo, vivia angustiado e me sentia na maioria das vezes como se me segurasse apenas com as unhas no alto de uma parede de vidro e estivesse prestes a deslizar para baixo, rumo a uma lama escura, com um estridor insuportável.

Mas tinha o cuidado de não deixar que ninguém percebesse, nem minha namorada. Usava com qualquer um, sobretudo com ela, um tom permanentemente divertido, que eu começara a cultivar já por volta dos quinze anos, e agora só era capaz de me expressar daquela maneira, alguns até me achavam uma boa companhia, e ela, nem se fala. Entretanto, não tinha dia em que eu não desejasse caminhar por uma estradinha solitária e, sem nenhum motivo evidente, dar socos e pontapés no ar, me abandonando ao choro nem que fosse por um minuto. Encontrei a estradinha propícia — ficava ao lado da estação ferroviária — e às vezes ia até lá, mas desabafar não era algo para mim, eu não conseguia.

15

A única com quem eu me mostrava nervoso ou angustiado e que, malgrado minha ingratidão, continuou me apoiando todos os dias enquanto viveu, com seu puro e simples estar nos espaços designados — a cozinha, a pia, o fogão, a mesa, a janela —, sem nunca exprimir a mínima dúvida sobre meu futuro clamoroso, foi naturalmente minha avó. Minha entrada na universidade multiplicou sua sujeição em relação a mim e, ao mesmo tempo, toda manifestação possível de idolatria. Ela me levava o café ao acordar e me contemplava de pé, ao lado da cama, sem dizer uma palavra, à espera de que lhe devolvesse a xícara. Se falava, era só para louvar a mim e ao milagre de cada palavra ou ação minha. A única vez que, por poucos minutos, levei a nova namorada para casa, ninguém fez comentários — pais, irmãos —, como se minhas experiências sentimentais fossem chuviscos comuns de primavera. Apenas ela, que era como uma mobília da casa e a quem, portanto, eu não tinha apresentado a garota, sussurrou: como vocês dois são lindos.

Numa única circunstância, ao voltar de uma de suas numerosas saídas ao mundo extradoméstico, articulou uma fala um pouco mais ampla, semelhante às que me dirigia quando eu era pequeno. Normalmente ela saía para fazer compras ou para ir ao cemitério, cuidar do túmulo do marido. Em ambas as ocasiões, punha um vestido escuro — o único que tinha de apresentável — e sobretudo roupas de baixo remendadas com todo o zelo, porque não queria morrer na rua e ser surpreendida em desmazelo. Em geral não lhe acontecia nada de relevante, e ela voltava apenas um pouco cansada e de mau humor. Naquela ocasião, no entanto, ela veio enérgica e contente, me puxou logo de lado e me contou que tinha estado no cemitério para comprar ao vovô, em acréscimo à lâmpada votiva do lóculo, um pedaço de madeira com duas lampadazinhas, de modo que ele também pudesse festejar a santa Páscoa com um pouco de luz a mais. Entretanto, assim que o jovem encarregado da venda das lâmpadas a viu de relance, exclamou: senhora, que prazer, se lembra de mim? E se apresentou: era ninguém menos que meu amigo de brincadeiras, Lello. Depois de cumprimentos e beijos, Lello até lhe deu um desconto e, ao se despedir, escreveu num pedaço de papel seu número de telefone, pedindo que eu mandasse notícias.

Minha avó me deu diligentemente o papel, mas então descobri que meu amigo de brincadeiras nunca lhe foi simpático. Não ligue para ele, me aconselhou. Segundo ela, Lello bancava muito o certinho na infância, falava em italiano, toda a vizinhança o achava bonito. Mas em comparação a mim era feiíssimo, e ainda por cima pérfido, tinha uma bicicleta e me fazia sofrer porque eu não tinha.

Não me lembrava de algum dia ter sofrido pela bicicleta de Lello e lhe disse isso. Mas ela evidentemente sofrera por mim sem que eu me desse conta, e acima de tudo não podia suportar que aquele menino me fizesse sombra. Seu amigo — disse — se achava melhor que você, mas o pai eterno é justo, o tempo passou e o que é que ele se tornou? Lello não se tornara nada, e era esse dado de fato que a deixava de bom humor: meu coleguinha trabalhava de eletricista no cemitério, já eu frequentava a universidade. Insistiu: não telefone, é um idiota.

Dei ouvidos a ela, porém não por arrogância, não para corroborar seu sentimento de revanche maligna — embora no fim das contas eu mesmo não conseguisse recuperar um mínimo de satisfação —, mas porque, justo no momento em que ela pronunciou o nome de Lello, a menina de Milão ressurgiu depois de quase dez anos. A aparição durou um instante, dois, e eu a vi na sacada, no bebedouro. Quem mais se lembrava dela tão em detalhe? Sua vida mortal se apagara totalmente de minha memória, e no entanto eis que ela ressurgia de repente da morte. Oh, eu sei que hoje "vida mortal" é uma expressão em desuso, e justamente. Evoca a caveira com as tíbias nos rótulos de veneno, sugere que o veneno seja a própria vida, e acima de tudo, para usá-la com convicção, é preciso ter confiança em seu avesso: a vida imortal. Mas, nos dias atuais, quem acredita a sério na imortalidade? Essa hipótese se enfraqueceu, e por isso o emparelhamento de "vida" e "mortal" embotou, para a maioria — em que me incluo — o adjetivo parece sinistro ou simplesmente pleonástico. Todavia, na época — isso foi em 1962? —, evocar a menina no tempo de sua vida mortal me pareceu de uso comum, e a milanesa — quase um arrepio imotivado depois de um sopro de ar quente — se tornou imediatamente viva.

Conservei-a assim na mente por uma hora, um dia, dois, mas não se estabilizou. Aconteceu — para ser claro — que eu olhava as garotas na rua, aquelas por volta dos dezoito anos, e pensava: se estivesse viva, se tivesse crescido normalmente, se tornaria assim? Mas durava poucos segundos, depois os corpos concretos, cheios de vida em ato, logo expulsavam o dela, um pavio curto demais. Algo parecido — recordo — me ocorreu uma noite, enquanto estava a ponto de dormir. Eu a vi prescindindo de qualquer modelo de jovem mulher, real ou inventada. Estava sentada em minha cama, um emaranhado de menina-adulta, e me falava numa língua que eu não compreendia, talvez fosse inglês, mas bem pronunciada, não o anglo-ítalo-napolitano que eu mesmo tentava falar comigo. Fiquei ouvindo com extrema atenção, não entendi nada e a perdi no sono.

Isso para dizer que ela veio como vêm as sinalizações rodoviárias, dessas triangulares que, enquanto você dirige todo relaxado, anunciam com um impulso no cérebro a curva perigosa, os animais na pista, a passagem de nível sem barreira, e você por um instante fica atento, depois as apaga da mente e não pensa mais nelas. Por isso eu mentiria se dissesse que joguei fora o contato de Lello para lançar de novo a milanesa na morte. O motivo, creio, foi mais genérico. Devo ter pensado que, mesmo se tivesse ligado para ele, não saberia o que dizer, afora as conversas de quando éramos meninos. Aos dezenove anos eu ainda não tinha nenhuma vontade de evocar a infância, e só pensar nela já me dava uma sensação de vergonha, assim como a adolescência. Estava convencido de que, naquela fase da vida, tinha sido incapaz e ridículo, portanto havia bem pouco a recordar ou do que se enternecer. No fundo, no fundo, teria preferido vir ao mundo em torno dos dezessete anos, evitando assim as tolices dos primeiros dezesseis.

16

Seja como for, aqueles últimos dois anos também me pareciam uma vida incerta, sempre prestes a regredir, e sentia a necessidade de algum suporte para não me amedrontar. De modo que, no fim das contas, até minha avó me descia bem. Aquela sua dependência de tudo o que eu dizia e de meu humor era como óleo de fígado de bacalhau, de gosto ruim, mas fortificante. Toda vez que eu saía de casa, me fazia três perguntas tímidas. A primeira era:

— *Addovàie?*

Eu respondia contrariado:

— À faculdade.

A segunda era:

— Volta para comer?

Respondia ainda mais contrariado:

— Não, volto de tarde, de noite, sei lá.

A terceira — a mais deferente de todas, quase um sussurro — era:

— O que vai estudar?

Respondia deixando-a aturdida:

— Papirologia.

Logo em seguida eu saía animado pela porta, descia as escadas aos saltos, margeava a lotadíssima piazza Garibaldi e ia a passo firme pelo Rettifilo até a faculdade, até justamente a sala de papirologia.

Éramos pouquíssimos os que seguiam aquelas aulas, mas o professor nunca nos dirigiu a palavra. Lembro-me dele sempre de costas, concentrado em transmitir sua ciência apenas para a grande lousa retangular que tinha diante de si e sobre a qual, enquanto falava, escrevia branco no preto informações sobre os papiros de Herculano.

Tratava-se com certeza de lições muito eficientes, mas eu era o que era e me distraía com frequência. Certa manhã, aconteceu que ele estava argumentando sobre a dificuldade de desenrolar aqueles achados, e eu passei a pensar nos perigos do Vesúvio, nas erupções em geral, em vocábulos como fumarolas, mofetas e fluxos piroclásticos, na cor pastel do familiaríssimo vulcão sombreado por videiras que de chofre, bem no meio de alguma dança de sátiros inchados de vinho local, se punha a expelir o inferno e a morte, tanto que sufocavam e queimavam e dissolviam cidades inteiras com suas políticas pretensiosas, criaturas vivas as mais variadas, últimas frases murmuradas ou gritadas, enquanto por acaso, absolutamente por acaso, apenas as palavras escritas nos papiros carbonizados e encouraçados em rochas de lava — apenas as palavras sem som de um epicurista morto havia tempos, o ótimo Filodemo de Gádara com seus signos mortuários vergados sobre outra morte, a das verdes plantas palustres rizomatosas com que se fazia papel egípcio —, apenas aquelas duravam, mesmo queimadas, mesmo carbonizadas, e por séculos restaram à espera paciente de serem lidas, de até se tornarem de novo uma voz, hoje, amanhã, sempre.

Foi num desses momentos de devaneio que a milanesa voltou à carga e tentou cavar um lugarzinho mais estável em minha vida. Não sei como aconteceu. Talvez tenha sido a imagem do Vesúvio exterminador; talvez a ideia de que em nosso planeta há continuamente decessos de indivíduos e extermínios em massa tão intoleráveis que até os deuses se lamentam de os terem permitido; talvez só o fato de que eu tinha a cabeça cheia de fórmulas literárias e buscava boas ocasiões para usá-las. O certo é que dessa vez a menina de Milão irrompeu com uma força que não se viu quando o nome de Lello a evocou. E, como depois da aula minha namorada me esperava no corredor, não me contive e lhe contei aquela história de infelicidade e dor.

Falei tudo, espantando-me eu mesmo com a quantidade de coisas das quais me lembrava: as danças no peitoril, as chuvas, as pétalas brancas, os duelos, os delírios. E, no italiano apaixonado que falávamos entre nós, concluí muito acima do tom deste modo: quase tudo daquela menina agora se perdeu, por isso hoje, enquanto o professor dava aula, senti que a milanesa e sua voz se conservaram em minha cabeça como num papiro carbonizado que uma máquina — uma espécie de autômato do século XVIII — desenrola com delicadeza, restituindo-me a história do tumultuoso primeiro amor.

A namorada cientista se chamava Nina e tinha um olhar suave e coloridíssimo. Ela me escutou sem me interromper em nenhum momento, certamente um tanto perplexa. Até aquele momento, me conhecia como um jovem divertido e se apaixonara por mim — acho — por causa de meu jeito irônico, por transformar tudo em opereta. No entanto, depois daquela fala, deve ter intuído que eu era um pouco instável, quase outra pessoa que, misturando o Vesúvio, Pompeia, Herculano e uma menina milanesa, era capaz de organizar um apocalipse pessoal e médio-baixo. Ela se recuperou e disse, quase comovida:

— Que experiência terrível.

— Sim.

— Quantos anos você tinha?

— Nove.

— E ela?

— Oito.

— Meu amor, que tristeza.

— Sim, mas já passou muito tempo.

— Mas deixou uma marca.

— Não muito profunda, eu era um menino, mas um pouco sim. As trocas verbais foram mais ou menos desse teor, afetuosas e gentis. Estávamos tentando nos tornar dia após dia um jovem casal de neocultos que sabiam misturar eros, papirologia, glotologia e uma pitada — mas uma pitada mesmo — de álgebra. Nina tinha a mesma origem que eu, ninguém de sua família jamais passara do ginásio. Sendo assim, e com algum excesso de minha parte, ambos tentávamos inventar do zero um modo reflexivo nosso, estudioso, de estar juntos e nos desejarmos. Abordávamos muitas coisas. Falávamos de livros, de filmes, de teatro, e de vez em quando também nos arriscávamos em assuntos como a luta de classes, o império americano, racismo, descolonização e a destruição do gênero humano por causa da iminente guerra atômica. Mas eram todos temas a serem aprofundados, eu sabia menos sobre eles que sobre papirologia e glotologia, talvez Nina também. De modo que sempre acabávamos nos encontrando mais à vontade quando tratávamos de sentimentos e problemas de casal. A questão que mais debatíamos, bem naquela época em que lhe falei da menina, era a da fidelidade. Ela se inclinava a uma fidelidade absoluta.

— Não suporto a traição — disse certa vez, trincando de leve sua brandura.

— Dou pouca importância à fidelidade, sou partidário da honestidade.

— Ou seja?

— No caso de me interessar por outra, lhe digo.

— Antes ou depois da traição?

— Antes; se não, onde estaria a honestidade?

— Não estou de acordo.

— Prefere que eu diga depois?

— Não. Você deve se interessar só por mim, e para sempre; se não, é melhor terminarmos.

Mas essas conversas também chegavam mais cedo ou mais tarde a um limite além do qual não sabíamos ir, e então deixávamos o assunto de lado, às vezes voltávamos à milanesa. De fato, seja por um real interesse, seja para me agradar, Nina de vez em quando fazia algumas perguntas sobre aquele meu trauma. Eu ficava contente. Pouco a pouco me dei conta de que, quanto mais falava sobre ela, mais a menina reconquistava um pouco de vida. Em certa ocasião, minha namorada me perguntou:

— E brincava sempre sozinha?

— Sim.

— Dançava?

— Sim.

— Sobre o parapeito?

— Sim.

— Dançava bem?

— Sim.

O diálogo estava mais ou menos nesse ponto quando, de modo inesperado, se complicou. Para justificar o peso que eu dava àquela história, disse com algum exagero que considerava a milanesa a forma de namorada da qual eu tirava todos os meus amores, uma espécie de modelo de base, sem o qual eu talvez nem teria me dado conta de estar apaixonado por ela. Nina me ouviu com muita atenção e murmurou:

— Isso que você falou me dá um pouco de medo.

— Isso o quê?

— Que me relaciona com a menina morta.

— É para você entender quanto eu te amo.

— Sim, mas de todo modo me impressiona. A menina morreu queimada?

— Não, afogada.

— Então que nexo tem com Herculano e os papiros?

— A condição humana, a destruição, a memória.

— Não me parece bom que você me associe a uma lembrança tão penosa.

— A literatura é cheia de casos desse tipo.

— A vida infeliz dos casais também.

Esta última fala me soou como uma campainha de alarme, e me prometi voltar ao assunto o menos possível no futuro. Dava muito valor à minha fisionomia de jovem amável, que sabe tornar mais leve o peso da existência. Por isso fiz um pouco de tontices, do tipo pular batendo os saltos do sapato no ar — exercício de que ela gostava —, e deixei que me acompanhasse à aula de glotologia.

17

Agora já tínhamos nossos hábitos. Eu ia buscá-la na matemática, ela me esperava na saída da papirologia e frequentemente ia comigo ao Cortile del Salvatore. Na época eu tinha a impressão de amá-la mais que a qualquer matéria de estudo e, sendo assim, para passar o maior tempo a seu lado, quase sempre chegava atrasado às aulas.

Glotologia era um curso não muito cheio, mas tampouco vazio: se me atrasava, só achava lugar na última fila. Ora, normalmente acompanhar a lição na última fila ou na primeira não faria muita diferença, mas o professor — de seus cinquenta anos, portanto ainda na plenitude das forças — falava com um tom de voz tão baixo que parecia ter decidido dar aula apenas a quem se sentava na primeira fila. Inclinava-se para os mais obedientes e emitia um indistinto mas cativante chichichi, rico de saberes glotológicos e etimológicos, que a nós retardatários não chegava de jeito nenhum. Tanto é que, depois de dez minutos, renunciávamos a apurar os ouvidos e, durante a aula, fazíamos novas amizades, trocávamos endereços e números de telefone, organizávamos festas dançantes.

Por isso só consegui escutar alguma coisa nas raras vezes em que arranjei um lugar na segunda ou terceira fila, e nessas ocasiões entendi que o professor dava especial importância aos topônimos do Abruzzo e do Molise, sobretudo aos compostos por dois substantivos ou por um substantivo mais adjetivo, como Monteleone e Campobasso, por exemplo. Mas também aprendi que a língua é móvel, que a voz soa e consoa de modos bem mais numerosos do que as vinte e uma letras do alfabeto conseguem capturar, e cada vez mais se impunha a necessidade de inventar uma nova, por exemplo uma espécie de z, um s maiúsculo, porém mais fino, uno e de ponta-cabeça. Mais ainda que a papirologia, me bastaram aqueles poucos acenos para que eu saísse, como se diz, pela tangente. Testemunha disso são os cadernos daquele primeiro ano de faculdade, cheios de anotações eufóricas. Abruzzo e Molise — territórios nunca visitados — se tornaram para mim uma paisagem minuciosa de rochas lisas ou ásperas ou de perfil serrilhado, repleta na primavera de um denso verde em botões de folhagem ou flores, ou estriada de ramos secos no inverno, escuros, amarelados, e sempre cortada por listras cinza-azuladas de água em cascata que depois desciam entre os montes até o fundo dos vales, às vezes perdidas dentro de paludes planos ou grutas negras, mais frequentemente de um borbulhar veloz e espumejante, tudo isso salpicado por cantos variegados de pássaros e por algaravias de humanos assentados aqui e ali, aos bandos, em locais expostos o máximo possível ao sol para se aquecerem bem, no alto de um monte ou no vale ou em clareiras ao lado de cavernas ou perto de uma corredeira, rio, fosso, canal, os lariços que dão vime, o pêssego, o pesqueiro, os esterpes, plural metatético: estrepes, tanto que aqueles humanos começavam a dizer, quando se encontravam, estou no vale, estou no monte, estou no riacho, e assim, de voz em voz, de geração em geração, acabavam por morar, eles e seus descendentes, até hoje, em lugares que se chamam Vallocchia della Grottolicchia, Solagna della Foia, Stroppara di Fosso Vrecciato, assim como nós em Nápoles, Nea Polis, a nova cidade, a passos rápidos pelo Rettifilo, um fio reto, ou entediados por Mezzocannone, a metade — inventava comigo — de uma arma de guerra que dispara meias balas de ferro.

Mas devo dizer que me interessei sobretudo pelas línguas em geral, seus sons soprados por uma tempestade de vento dentro da cavidade oral, o rompimento das ondas sonoras em fragmentos infinitesimais contra os dentes, em como a maior parte das flores da voz brota no ar e murcha sem nenhuma escrita imediata, enquanto o resto encontra um lugarzinho no alfabeto, mas instável, dura só um pouco: uma grafia substitui a precedente, porque o amanuense é da Emília Romanha ou, sei lá, da Calábria, ou napolitano, e pronuncia de maneira diferente da de um autor toscano ou lígure, e então, só para ilustrar, *etterno* se torna *eterno*, *sanza* se torna *senza*, *schera* ganha um *i* e se transforma em *schiera*, enfim, velhas formas caem tristemente no nada quando no entanto pareciam hábitos perenes da pena, grafias de gente culta que havia escrito confiantemente *etterno* com sangue pulsante, cérebro fino, a lume de vela, e depois lá se vai um *t*, não havia mais necessidade desse *t*, e se hoje você escreve *etterno* leva um risco vermelho, é um erro de ortografia.

Também pesquei algo sobre a classificação dos fonemas, descobri que a-e-i-o-u era apenas uma cantilena do ginásio, aprendi que as vogais eram bem mais densas, havia as de base — *i*, *a*, *u* — e as intermediárias — *e*, *o* —, e as nuances entre *i* e *a*, entre *a* e *u*, eram teoricamente infinitas. Quando escrevo *i* — anotei —, remeto a que vibração específica do *i*, a que posição da língua na boca me refiro? E esses sinais — *i*, *a*, *u* — não são demasiado pobres, não contêm fora da escrita, por causa de sua insuficiência, metais fônicos imperceptíveis, filamentos coloridos da voz? Vi, enquanto o professor falava, várias lâminas de som argênteo — continuo copiando dos meus apontamentos de então — cinzeladas pela motilidade da língua na boca, articulações ou explosões de sopro mais coloridas do que Rimbaud havia colorido no soneto das vogais. E pensei que todo aquele metal, toda aquela cor que desde sempre restava excluída, eu poderia capturá-lo graças ao alfabeto enriquecido pela grafia fonética. Essa grafia foi uma descoberta, o professor escreveu alguns sinais no quadro-negro. Ah, como todos eram promissores: ð ɯ Ө ɱ ʕ ɥ ɸ ʂ ç ɹ j. Não via a hora de dominá-los e entender a que usos literários submetê-los, inventando novos, se necessário.

Era um período em que eu me exaltava facilmente, me cobria de suor, o sangue me corria nas veias em grande velocidade. Quando encontrei Nina depois de uma daquelas aulas, lhe escrevi numa folha: ę ę̃ ö ü ɛ ɑ ɔ ʉ. Ela fez um olhar assim: ?

18

Tudo o que eu aprendia, depois resumia para ela. Resumi inclusive aquelas aulas, ou talvez até lhe tenha declamado as anotações, e ela ficava me ouvindo com atenção. Mas também é provável — penso hoje — que fingisse. Aprendi faz tempo que até as pessoas que nos amam se esforçam para se retirar de cena e deixar espaço às nossas manias de centralidade. Mas na época eu não tinha dúvida de que Nina se deleitasse quando eu a envolvia em minhas tolices. Estava certo de ter encontrado uma pessoa que acreditava em minha natureza excepcional, até mais que minha avó, e certamente mais que eu.

Obviamente a realidade era mais complicada. Nina saía de aulas que lhe enchiam a cabeça de fórmulas, com toda a probabilidade gostaria de falar de álgebra assim como eu fazia com a papirologia e a glotologia. Mas, como estava ciente de que eu não entendia nada de álgebra e de muitas outras coisas, se comportava com educação, como se houvesse uma espécie de arame farpado entre o labor matemático de sua mente e Filodemo de Gádara, os topônimos do Abruzzo e do Molise, as complicações sobre as vogais, os rabiscos da grafia fonética. Ou mais provavelmente dava por certo — em 1962-3 ainda era um pouco assim — que seu papel de mulher fosse prestar muita atenção ao que eu, do gênero masculino, aprendia, mostrar entusiasmo pelas matérias humanísticas formadoras, se divertir com as gracinhas que eu produzia, alternando-as com frases suspiradas, ficar de queixo caído quando eu fazia observações profundas.

No entanto, mesmo naquela época não era o caso de esticar muito a corda. Algumas de minhas anunciações e enunciações obtinham atenção, outras despertavam cada vez mais naquela garota afável um insuspeitado ânimo combativo.

Eu experimentava sempre mais uma espécie de gozo em demonstrar a ela o esfarelar-se até daquilo que parecia durável e que eu amava. Certa vez, saí todo agitado da aula de glotologia e disse a ela, como se algum misterioso perigo nos ameaçasse:

— A língua não é estática, a língua desmorona, e com ela a escrita.

— Também as montanhas, os planetas, as estrelas, todo o universo.

— Mas a confiabilidade da escrita é algo que eu prezo especialmente, e saber que ela é frágil e insuficiente me desorienta.

— Como assim?

— O alfabeto não registra todos os sons, Nina. Você não pode nem imaginar a quantidade de coisas que ficam de fora.

— Talvez você precise achar uma razão para isso.

— Não é fácil. Veja o caso da menina de Milão. Só me lembro de pouquíssimas palavras dela, mas ainda as ouço com nitidez em alguma área do cérebro. Dentro desse eco, me parece que suas vogais não coincidem minimamente com as cinco habituais, e temo que, se suas raras frases se fechassem no alfabeto, esse pouco de voz que guardo na memória morreria para sempre, assim como ela morreu.

Ela me opôs um silêncio descontente e então disse:

— Ainda a menina afogada?

— Era apenas um exemplo.

— Estou um pouco cansada das erupções do Vesúvio, das línguas que desmoronam, da escrita que não consegue acompanhar as vozes de perto, de tudo o que se esfarela, que perece.

— Não me ama mais?

Pensou um instante, balançou a cabeça e respondeu:

— Não, eu te amo. Mas venha cá, deixe para lá a morta de Milão e pense em mim enquanto estou viva.

Entendi que, daquela vez, ela se afastara de nós por um segundo e me lançara um olhar examinador de muito longe, descobrindo que não gostava que eu concedesse cada vez mais espaço à sombra da milanesa. Gostava de mim como a fiz acreditar que eu era: alguém de bom caráter, que nunca sai do tom mesmo quando dá forma às suas ambições, que sempre sabe jogar uma luz amena nos cantos inevitavelmente mais escuros. De fato, me disse em seguida: o que está acontecendo com você, está cansado, sente algum esgotamento nervoso, vamos conversar sobre isso? Falou com afeto, mas também angustiada, e foi difícil convencê-la de que eu estava ótimo, de que apenas os imbecis conseguem estar sempre alegres. Claro, às vezes eu sentia a vida cheia de morte, mas — garanti a ela — bastava me esquecer da menina de Milão e passava.

Nesse sentido, nos ajudou um período de preocupações bem diferentes. Nina me contou que a menstruação não vinha, estava assustada, eu me assustei. Não dormi de noite, me vi pai, chega de estudos, chega de literatura, precisaria arranjar algum trabalho para sustentar a família. Passamos bastante tempo imaginando essas coisas enquanto ouvíamos o adágio de Albinoni, um casamento às pressas, a gravidez, o parto. Mas ainda bem que ela se empenhou em tomar banhos em água escaldante com afinco. Parecia inútil, e no entanto se recuperou — quero dizer, com as menstruações.

Consideramos aquilo um milagre, estar vivos nos pareceu maravilhoso, voltamos a ser estudantes apaixonados. Mas uma manhã, para minha surpresa, foi ela quem trouxe de volta a menina morta, e o fez com um tom sarcástico.

— Posso lhe fazer uma pergunta?

— Claro.

— Por que você sempre a chama ou de menina, ou de milanesa?

— Era uma menina de Milão.

— Mas tinha um nome?

A pergunta me desorientou, nunca havia pensado nisso. Como a milanesa se chamava? Será possível que eu não soubesse seu nome? Será possível que eu conhecesse o nome de Filodemo de Gádara e fosse até capaz de dizer quando tinha nascido, quando tinha morrido e que era epicurista, enquanto não só ignorava qual era o nome da menina, mas também, depois de dez anos de sua morte, só me dava conta disso agora, pela primeira vez? Admiti:

— É claro que a menina tinha um nome, mas eu nunca soube.

— O meu você sabe?

— Sei.

— Qual é?

— Nina.

Então ela saiu — talvez alegre, talvez não — para suas aulas de álgebra.

19

Voltei para casa mais descontente comigo que de costume. Agora que me dava conta de como a milanesa tinha perdido não só a vida, mas também o nome, os pontos do mundo e sua própria pontuação me pareceram particularmente incertos. Eu me sentia um Adão que, justo enquanto aspira a fundar uma língua imutável, se esquece de uma nomeação essencial e assim deixa um rasgo na tessitura verbal das coisas, que causará progressivamente sua dissolução.

Dei voltas pelo apartamento vazio — meus irmãos estavam na escola, meu pai no trabalho, minha mãe entregando roupas confeccionadas por ela a clientes abastadas —, avançando até a hipótese de que, se não tinha objetivamente culpa pela conclusão precoce da vida mortal da menina, por outro lado eu era culpado por não ter sido capaz nem de dizer: ela se chamava assim e assim, de lhe dar as palavras e fazê-la durar.

Fui à cozinha em busca de companhia, sabendo que encontraria minha avó. Estava picando salsinha, manejando a faca com habilidade. Perguntei a ela, só para passar o tempo:

— Como vovô se chamava?

— Giuseppe.

— Sim, mas como você o chamava?

— Giuseppe.

— Quero dizer entre vocês, na intimidade: não usava outro nome?

— Peppe.

— Ou então?

— Pe'.

— E desses, qual é o nome verdadeiro? Aquele que, se você chamá-lo, ele logo aparece à sua frente, aqui, mesmo que esteja morto há tantos anos?

Olhou para mim perplexa, talvez temendo que eu estivesse zombando dela. Porém, como me viu sério, resmungou: *nunniàsturià?* Queria dizer: gaste bem seu tempo, não o desperdice comigo, o estudo é mais importante que esse papo sobre o nome de seu avô. No entanto, tornei a perguntar sobre nomes e apelidos — aqueles de quando brincavam entre si, de quando se abraçavam —, e ela inesperadamente se pôs a rir, uma risada de poucos dentes, mas simpática. Disse que os nomes serviam para chamar os vivos e que os mortos, mesmo se você os chame, não respondem, que seu marido, por mais que ela o tivesse chamado muitas vezes, nunca havia respondido. E certamente não por maldade. Quando era vivo, seu esposo respondia sempre que podia, e respondeu até na manhã em que caiu do edifício. Antes de deixar a cama para lhe preparar a marmita, ela o chamara, um sopro, Pe', e ele, embora ainda no sono, logo se virou e a abraçou e beijou. Beijou, sublinhou com uma risada, e continuou cada vez mais divertida, algo raro para ela, a elogiar aqueles doces chamados em vida. Me disse que, se minha namorada pronunciasse meu nome, eu nunca deveria responder estou ocupado, agora não, melhor mais tarde, porque de acordo com ela dizer mais tarde era sempre errado, sempre; era melhor já, já. E então se lembrou de repente da promessa que eu lhe arrancara — se possível, deveria voltar depois de morta e me contar o que havia no além-túmulo —, um pedido de quando eu era um rapazinho. Bem, ela havia pensado nisso e não era preciso esperar que estivesse morta, podia me responder imediatamente, tudo se tornara claro para ela enquanto picava a salsinha. Nessa altura perdeu o controle da risada, ficou roxa, os olhos brilharam, não podia se conter. Tinha compreendido que depois da morte não havia nada, não havia Deus nem Nossa Senhora, não havia santos, nem inferno, nem purgatório, nada. Apontou para a salsinha sobre a tábua, os fragmentos orlados de um líquido verde. Pronto — disse —, é isto. Ela ficaria assim e não se incomodava, ao contrário, se sentia mais leve, se tornaria aquilo, salsinha picada, salsinha picada. Por isso, insistiu, era melhor que eu chamasse Nina, uma garota tão graciosa: vá, telefone, ligue para ela, ligue, se abracem, *ahcommebbèll*.*

* "Ah, como é lindo."

20

Falei com Nina e me apaziguei um pouco. Claro, não pude deixar de notar que ela não era mais tão afável, sua devoção se atenuara, às vezes se comportava como uma Dejanira que já não lava as túnicas de Héracles, mas as emporcalha de propósito. Por outro lado, me pareceu que a relação, suspensos os disfarces iniciais para nos agradarmos reciprocamente, estivesse assumindo uma cotidianidade sólida e positiva. O tempo voltou a passar entre papirologia, glotologia e escaramuças de apaixonados.

Um dia, estávamos passeando na piazza Municipio — tínhamos ido dar uma olhada na Biblioteca Nacional, onde nem eu nem ela jamais tentáramos pôr os pés — quando ouvi uma voz altíssima gritar: Mimi. Como esse era meu apelido de infância, me virei por instinto, embora há muito tempo ninguém me chamasse assim, nem sequer minha avó. Vi que um Fiat 600 bem detonado nos seguia, guiado por um jovem de cabelo louro penteado para trás, a testa ampla, olhos azuis e um sorriso cintilante. Mimi, repetiu o tal, é Lello, não me reconhece?

Reconheci. Ou melhor, reconheci o menino que se agitava dentro do rosto largo, de marinheiro norueguês, do condutor do 600. Era Lello mesmo, e ele já encostava o carro e saía dele de braços abertos. Me pareceu tão emocionado que também me emocionei. Retribuí o abraço mesmo sentindo que seus ombros robustos, o tórax, a voz grossa me eram totalmente estranhos, e a única certeza de familiaridade era garantida por aquele rapazinho que oscilava em seu rosto como uma lamparina, que ora se dobrava até quase desaparecer, ora ressurgia.

Apresentei Nina, mas ele estava tão fora de si pelo prazer daquele nosso encontro fortuito que deu pouca bola para ela. Em vez disso, começou a me despejar mil perguntas: como meus irmãos estavam, meus pais, minha avó.

— Eu a encontrei — falou —, como ela foi afetuosa, pedi que lhe passasse meu telefone, esperava que você me ligasse.

Menti.

— Talvez ela tenha esquecido, mas olhe só, de todo modo acabamos nos encontrando.

— O que você tem feito, Mimi?

— Estou estudando.

— O quê?

— Letras clássicas, e você?

— Engenharia aeronáutica.

— Ah.

— Eu apostaria que você estudava letras clássicas.

— Sim, modernas não, as clássicas sempre me deram mais confiança.

— E onde você foi morar depois?

— Na Ferrovia.

— Nós nos mudamos um ano depois de vocês.

— E para onde foram?

— Aqui perto, na Via Verdi. Querem ir até lá? Posso oferecer um café?

— Não, obrigado — respondi também por Nina.

Mas ele não queria nos deixar e propôs:

— Então vamos dar uma volta de carro, topam?

— Em outra ocasião, com certeza.

— Estou atrapalhando vocês?

— De modo nenhum.

— Sim, estou atrapalhando. Vão vocês dois sozinhos, empresto as chaves do carro. Depois podem estacionar na Via Verdi e subir lá em casa.

— Obrigado, mas não tenho habilitação.

— Não tem habilitação?

— Não.

— Mas é preciso ter.

— Eu sei, mas custa caro. Assim que tiver algum dinheiro, vou à autoescola e tiro uma.

Nina interveio, obviamente farta de ser ignorada. Disse com cordialidade:

— Eu estudo matemática.

— Nunca diria isso.

— Por quê?

— Sei lá.

— Não, explique.

— As que estudam matemática são bem feinhas.

— Os que estudam engenharia também.

— É verdade.

— De todo modo, eu toparia uma volta de carro.

— Vamos aonde?

Nina pensou um instante e disse:

— Ao lugar em que vocês brincavam na infância.

Lello gostou daquela proposta, e eu também. Ele se pôs ao volante, minha namorada se acomodou no banco de trás e eu me sentei na frente por causa das pernas compridas, atrás seria muito desconfortável. Subimos ao Vomero, elogiei Lello pela habilidade e desenvoltura com que botava nossas vidas em risco chispando no meio do tráfego.

— Como era a menina que vocês dois disputavam na infância? — perguntou Nina.

— Que menina?

— A milanesa — disse eu, esperando que ele logo concordasse. Mas Lello apertou os olhos como se estivesse olhando longe, além do para-brisas, e não conseguisse enxergá-la.

— Sabe que não me lembro de nenhuma milanesa?

Nina refrescou sua memória:

— Você dois duelavam por ela.

— Dos duelos eu me lembro.

— Depois ela saiu de férias e morreu — insistiu.

— Sim, estou me recordando de algo.

— De quê? — perguntei.

— Você escrevia histórias com fantasmas horríveis, que me davam medo. E tinha teimado que no pátio existia uma fossa cheia de mortos.

— O que era essa fossa? — me perguntou Nina, como se eu tivesse lhe ocultado um detalhe importante.

— Nada — respondi constrangido, mas Lello lhe contou:

— Quando era pequeno, Mimi falava sem parar de mortos, perseguições, assassinatos, ele sempre foi fantasioso.

Então acrescentou, como se lhe ocorresse uma ideia que iria satisfazer muitas de minhas exigências:

— Quer vir trabalhar comigo no cemitério?

Fingi surpresa:

— Você trabalha no cemitério?

— Trabalho. Eles contrataram estudantes universitários para cuidar da iluminação dos túmulos.

Nina exclamou:

— Acho que seria um trabalho perfeito para Mimi.

— Pois é — Lello me encorajou —, imagine quantas ideias para histórias de terror vão lhe surgir. Além de juntar um dinheiro para a habilitação.

Balancei a cabeça:

— Obrigado pela gentileza, mas já dou muitas aulas particulares.

Estacionamos e passeamos — Nina no centro, eu à sua direita, Lello à esquerda — na praça onde ele me atropelara com a bicicleta uns dez anos antes. Recordei-lhe o episódio, esperando que ele se lembrasse ao menos disso.

— Ainda bem que não aconteceu nada com você — exclamou, lamentando-se como se aquilo tivesse acabado de ocorrer.

— Nada? Você me arrebentou o pé e o tornozelo até debaixo do joelho. Saiu um monte de sangue.

— É mesmo? Eu só me lembro de uns arranhões.

Nina interveio:

— Não se preocupe, ele tem tendência a exagerar.

— O sangue escorria — insisti —, e fui me lavar no bebedouro.

O bebedouro continuava ali, um testemunho sem palavras, apenas o gorgolejar. Deixei Lello e Nina, fui beber um gole d'água para ver se tornava a ouvir as palavras da menina, e de fato as ouvi de novo, por poucos e intensos segundos cheios de gradações vocálicas. Quando voltei, não disse nada a Lello: sua memória curta poderia enfraquecer a minha.

De todo modo, foi ele quem quis mostrar a Nina a fossa dos mortos. Caminhamos pelo pátio, mas não a encontramos — culpa das reformas recentes que tinham modificado o espaço e empobrecido nossa infância. Tanto eu quanto Lello ficamos mal.

— Você se lembra daquele baque que se ouvia de repente? — me perguntou.

— Lembro.

— Devia ser a bomba d'água.

Hesitei, esbocei um meio-sorriso:

— Eram os mortos.

— Melhor ficar quieto com seus mortos de fantasia — disse Nina —, ele trabalha num cemitério e sabe mais sobre o assunto.

Mas Lello me defendeu, elogiou minha habilidade narrativa, disse que eu falava de cadáveres melhor que ninguém, frase que, mesmo sendo dita com seriedade, divertiu muito minha namorada. Deixei que se familiarizassem zombando um pouco de mim e enquanto isso, sem dar na vista, os arrastei até debaixo da sacada da menina. Não pude evitar, continuava sendo minha primeira experiência do fim. Tudo me pareceu mais acanhado: foi como se o céu e os edifícios tivessem sido pintados no passado sobre a cúpula de um guarda-chuva bem aberto, e agora o tecido estivesse rasgado, e o guarda-chuva tendesse a se fechar sobre a cabeça.

— Agora você se lembra um pouco mais da milanesa? — perguntei a Lello.

Ele examinou a fachada desbotada do prédio, as sacadas.

— Sim, um pouco.

— Aquela sacada ali, no segundo andar, lembra?

— Sim, um pouco.

Também mostrei a Nina minhas janelas de antigamente, o parapeito que ligava o banheiro e a cozinha, o mesmo sobre o qual passei umas duas vezes, arriscando me arrebentar. Nesse ponto, Lello se entusiasmou:

— O que nunca vou esquecer foi quando você trouxe o bastão de seu avô com a espada dentro.

Olhei para entender se ele estava falando sério, fiquei calado alguns segundos. Tive a impressão de que ele sentia um grande prazer em lembrar aquela mentira. Nina me perguntou:

— Você tinha um avô com uma espada no bastão?

— Tinha — Lello respondeu por mim —, era um bastão com empunhadura de prata e tinha dentro uma espada de verdade, muito afiada.

Perguntei:

— Quando fizemos o duelo, você viu a menina dançando no parapeito?

Lello hesitou um instante e exclamou entusiasmado:

— É verdade, aconteceu bem na melhor hora. E você feriu meu braço com a espada de seu avô.

Foi um grande momento. Ambos ainda estávamos enredados dentro do novelo da infância, mas naquele momento parecíamos não nos envergonhar disso, portanto senti por ele uma amizade que nunca tinha sentido na infância. Confirmei sua versão ponto por ponto.

— Você podia ter matado ele — disse Nina.

— Sim.

— É preciso estar sempre de olho em vocês, homens: são doidos.

— Sim.

No fim das contas foi um agradável reencontro, voltamos contentes no Fiat, não apenas Lello e eu, mas também Nina. Ela havia crescido no lado oposto de Nápoles, mas já se sentia à vontade dentro de nossa infância e, quando chegamos ao carro, me fez sinal para que eu fosse no banco de trás, sentou-se ao lado de Lello e partimos.

Nosso motorista se mostrou ainda mais imprudente que na ida. Guiava bem e, mesmo nos pondo em risco contínuo, o fazia com tal desenvoltura e segurança que nós, passageiros, desfrutávamos a corrida como se durante uma ultrapassagem arriscada numa curva não houvesse o perigo de batermos contra um ônibus e morrermos.

Na piazza Municipio, antes de nos deixar, Lello me reiterou a proposta de trabalhar com ele no cemitério. Estava lá aos domingos e segundas, das oito da manhã à uma da tarde. Ganhava duas mil liras ao dia como cobrador e duas mil como eletricista.

— Pense nisso — disse —, anote meu número.

Eu anotei, e ele pegou tanto o meu de casa quanto o de Nina, que, toda contente, enquanto dizíamos que precisávamos nos rever os três em breve, perguntou a ele à queima-roupa:

— Como a menina se chamava?

Lello fez como um esforço para se lembrar — já estava claro que a milanesa não o impressionara tanto quanto a mim —, e então sacudiu a cabeça:

— O nome está na ponta da língua, mas não me vem.

Entrou no carro e sumiu.

Nina e eu voltamos a passear bem abraçados, havia um forte vento marinho com um cheiro bom.

— Você foi mesmo um menino muito alegre — ironizou —, teve uma bela infância cheia de defuntos e matanças.

— Olhe que eu era felicíssimo, Lello não se lembra de nada. O que achou dele?

— Me pareceu meio bobo.

— Bobo não, mas sempre foi pobre de fantasia.

— De todo modo, gosta muito de você. Não só estava pronto a nos emprestar o carro, mas até lhe propôs um trabalho. Você devia dar alguma satisfação a ele.

— Preciso estudar e escrever. Só me faltava esta, ir vender luzes para os mortos.

Falei assim, mas encerrar o assunto com essa frase não me fez bem. Por uma fração de segundo me voltou a velha angústia, e pensei: de fato, lá embaixo deve ser realmente muito escuro.

21

As coisas com Lello se saíram bem. Ele reapareceu dois dias depois e nos convidou para fazer um passeio em Pompeia. Aceitamos porque Nina nunca tinha visitado as escavações e eu — mesmo sabendo bastante sobre os papiros de Herculano — só tinha estado lá uma única vez, com meus pais, aos onze anos.

Nós três nos sentimos muito bem juntos, ele era cordial, não invasivo, recusou qualquer contribuição para a gasolina. Assim, em seguida, aceitamos outros convites para passeios e fomos levados pela costa amalfitana e até Pozzuoli, onde vimos pela primeira vez a Solfatara.

De tanto nos encontrarmos ficamos íntimos, e Lello até nos chamou umas duas vezes ao cemitério, para nos mostrar como trabalhava. Não foi uma experiência ruim. Ele nos apresentou aos colegas, todos estudantes universitários, muito cordiais. Cada um tinha seu próprio escritório, que era uma mesa dentro de uma capela, e ali recebia os visitantes, isto é, os parentes dos mortos.

Lello quis nos mostrar sua sede, um local tranquilo, limpo, com altares, crucifixos e lâmpadas votivas. Dava para escutar os passarinhos, o leve farfalhar das folhas, sentir o cheiro das flores frescas ou murchas, o gorgolejar das fontes e só: nada de gritos, nada de buzinas. O móvel onde ele tinha suas coisas — um registro, várias canetas, os livros para estudar nos intervalos, até o lanche — era um nicho vazio, a lápide apoiada de lado.

Tivemos a oportunidade de vê-lo trabalhando, e ele era bom naquilo, cheio de compreensão humana. Vendia sobretudo *pezzotti*, ou seja, pedaços de madeira com duas, quatro ou até oito lampadazinhas (cada lâmpada acesa custava cem liras ao dia), graças às quais, nos feriados, os parentes dos mortos incrementavam a lâmpada normal, em forma de chama eterna. Mas sua tarefa também era — assim que descobria alguma viúva amorosa absorta em orações — ir até ela e cobrar os valores atrasados (a lâmpada eterna custava quatrocentas e sessenta e seis liras ao mês). No papel de cobrador, Lello era perfeito. Antes de tudo perguntava pelo falecido, interessando-se pelas qualidades que ele teve em vida e chegando, apenas depois de alguma conversa, à questão do pagamento, mas como se dissesse: se a senhora não tiver, posso adiantar do meu bolso, mas, se não regularizar, serei com tristeza obrigado a apagar. Assistimos a uma cena desse tipo, ao fim da qual a viúva pagou os atrasados murmurando sofrida: *però nun me date 'o schiant 'e truvà a mariteme stutàto*,* frase que mostrava bem como, se a lâmpada fosse apagada — *stutàta* — por falta de pagamento, para o parente era como se se apagasse — *si stutàsse* — o próprio morto pela segunda vez.

Não sei se no momento aquela experiência me agradou. O cemitério de Lello me pareceu distante da ideia de cemitério que eu tinha. Lello tinha feito dele quase seu palacete, bem mantido, nada de fantasmas, nada de anjos com penas negras, nada da angústia amarelada de morte. Até a dor dos vivos era uma espécie de hábito do lugar. Os parentes pareciam hóspedes, Lello sabia passar a impressão de que as lampadazinhas acesas — graças às quais os defuntos estavam não nas trevas malcheirosas, mas num lugar impecável, bem iluminado — eram um presente dele. Quanto a mim, via tendencialmente

---

* "Mas não me dê a dor de encontrar meu marido apagado."

cemitérios até, sei lá, em festas dançantes, e mesmo se alguém me dizia com amizade "faça-se vivo", às vezes eu pensava por um átimo: em que sentido me fazer vivo, está me dizendo que já estou morto? No entanto, como não queria contrariar Nina — ela estava entusiasmada, brincou com meu amigo, disse que o invejava porque ali certamente se podia estudar com maior concentração que em casa ou na faculdade, chegou até a dizer que quase, quase aceitaria a vaga que ele havia oferecido a mim —, como, sim, eu não queria desagradá-la, cheguei a soltar uma frase do tipo: mas claro, muito bem, Lello, é um grande aprendizado, se você vive e trabalha bem num cemitério, vive e trabalha bem em qualquer lugar. Naturalmente eu não soube ser convincente como saberia ser hoje, e de algum modo deve ter emergido uma ponta de incômodo, porque Lello me perguntou:

— Em que sentido?

— No sentido de que é preciso se habituar à ideia de que vivemos em meio a restos mortais.

— Não entendo.

Tentei me explicar:

— Passamos metade da vida a estudar os restos mortais dos outros, e a outra metade a deixar os nossos.

Lello não conseguia entender se eu estava brincando ou falando a sério e, para ser franco, nem eu.

— Quer dizer que a história, a geografia, a física, a química, os romances, as poesias, a álgebra, a engenharia aeronáutica, são restos mortais?

— Sim.

Nina caiu na risada e se virou para Lello:

— Entendeu que tipo de amigo você tem?

22

O certo é que a renovada amizade me fez bem. A milanesa conseguiu ganhar força, sua nova vida se acomodou contra um pano de fundo revigorado, cheio de detalhes. Não me arrisquei a escrever sobre ela, tive a impressão de ainda não dispor dos instrumentos adequados. Mas na aula de glotologia descobri certa manhã que o professor achava muito louvável a transcrição fonética de breves prosas de qualidade: uma narrativa curta, uma página de *Os noivos*, uma de *Os Malavoglia*. Me lembro de uma fábula famosa, aqui estão algumas linhas: "*I due litiganti komʼvennero alloːra ke ssarɛbbe ritenuːto pju ffɔrte ki ffosse riuʃʃiːto a ffar si ke il viaddʒatoːre si toʎʎesse il mantɛllo di dɔsso*".* Aqueles exercícios foram para mim a prova de que até a escrita mais refinada se beneficiava se fosse enriquecida com os sinais fonéticos, e treinei bastante, com entusiasmo. Planejei alcançar a perfeição e escrever desse modo uma narrativa de vanguarda sobre a menina de Milão, partindo da memória de seu incomparável italiano.

No entanto, estava chegando o momento de me concentrar seriamente nos estudos, ou seja, memorizar textos e repetir seus conteúdos em voz alta, num italiano de livro impresso. Eu queria inaugurar meu percurso acadêmico com o exame de

---

* "*I due litiganti convennero allora che sarebbe ritenuto più forte chi fosse riuscito a far sì che il viaggiatore si togliesse il mantello di dosso*", ou seja, "Os dois combatentes então concordaram que aquele que conseguisse fazer o viajante tirar o manto seria considerado o mais forte". Da fábula de Esopo "O vento norte e o sol".

glotologia e, logo depois, com o de papirologia. Mas, quando fui comprar os livros e as apostilas na Livraria Científica, descobri que os murmúrios e cochichos do professor glotólogo me haviam privado de uma informação importante: o exame previa não só o estudo dos topônimos do Abruzzo e do Molise, mas também a compilação, com a grafia fonética, de quinhentas fichas, cada uma dedicada a um verbete do dialeto napolitano.

Eu me fechei em casa, parei por um tempo de ver Lello e até Nina, me conformei em dar duro. Entendi que precisava colher o material linguístico justamente como saía da boca dos falantes. Entendi que, preliminarmente, precisava ter uma extraordinária força de vontade e me libertar de meus hábitos fonatórios para transcrever sem preconceitos a fala alheia. Entendi que precisava circular pelos campos durante a aradura, parar na cabana do pastor e no tugúrio da velha feiticeira, me infiltrar na propriedade de um montanhês e na oficina de um artesão, enfim, extrair palavras de qualquer um — mais ou menos rebelde à disciplina intelectual — que eu tivesse a oportunidade de encontrar em minhas andanças de aspirante a glotólogo. Entendi que precisava verificar com extremo cuidado se os falantes nunca tinham se afastado do vilarejo natal, se faziam uso exclusivamente do dialeto, se tinham dentes saudáveis e audição normal. Entendi que precisava destapar bem os ouvidos e perceber em meus interlocutores qualquer nuança das consoantes, em particular as simples e as geminadas, e das vogais em seus inumeráveis graus de abertura e fechamento. Entendi que cabia a mim recorrer a astúcias sutis para soltar a língua de gente que era tímida por natureza, às vezes ingênua, com frequência desconfiada, até de rude malevolência. Entendi que, para esse escopo, precisava aprender a sufocar meu cheiro de livros, a esconder papel e caneta, a conquistar assim a confiança de pessoas que eram irracionalmente contrárias a que seus ditos se eternizassem. Entendi por fim que, para me preparar para aquelas pesquisas, precisava sobretudo pôr à prova meu próprio dialeto, demonstrar que sabia abordar do modo prescrito os que o falavam sem ter instrução, provar que tinha adquirido grande competência na transcrição fonética do napolitano. Daí a obrigação, se quisesse passar no exame de glotologia, de preencher da melhor forma aquelas quinhentas fichas.

Agora não quero exagerar, depois me apaixonei muito pelos temas e problemas que aqui resumi. Porém, ao primeiro impacto, confesso que o exame me pareceu um rebaixamento da universidade, dos estudos em geral e em especial da grafia fonética. Tinha imaginado me elevar a um italiano oral e escrito bem mais elegante que o do colegial, já tinha em mente umas ideiazinhas promissoras sobre a tortuosa relação entre voz e signo. No entanto, para obter o diploma, fui forçado a voltar para baixo, a perguntar a informantes maximamente incultos — isto é, de uma competência dialetal não corrompida pelo impulso à italianização — como se chama em napolitano, só para dar uns exemplos, o aro do barril, qual é o nome da teta da vaca, se há um verbo para tirar pus de um furúnculo, a que vocábulos se recorre para dialogar com uma mulher de costumes fáceis, expondo-me inclusive ao risco de que os informantes, empenhados em ganhar o dia apesar da idade avançada, respondessem: *guagliónnummerómperocàzz*.*

Por que eu deveria gastar meu tempo daquela maneira, vasculhando um léxico que conhecia desde o nascimento e que me causara não poucos problemas com os professores ("Não se diz assim, não se escreve assim, isso é napolitano, não sabe italiano, comete muitos erros de ortografia")? Poucas semanas antes, eu tinha planejado tornar imortal — esta é a função

---

* "Rapaz, não me encha o saco."

da literatura, me dissera certa vez o professor Benagosti, depois de me revelar que também era poeta — a graciosa figurinha da milanesa fazendo-a falar por escrito exatamente como uma vez me falara no bebedouro. Queria usar a grafia fonética para reproduzir do melhor modo possível sua língua maravilhosa. E agora tudo se redimensionava, eu devia importunar velhinhas e velhinhos, interrogá-los — suponhamos — sobre o nome do cesto que estavam fabricando e, quando me respondessem *cuófeno*, recorrer aos novos sinais para escrever na ficha: *cu:ofənə*? Ah, que estupidez, que desperdício de energia. Estava renunciando ao prazer de ver Nina para me infantilizar com aquelas fichas?

Estava de péssimo humor quando pus os olhos em minha avó. Ela estava como sempre ao fogão, uma Vesta encarquilhada ao lado do fogo sacro. Depois de nossa última conversa, se recolhera ao papel de solícita executora de minhas necessidades, das meias limpas a um copo d'água, com uma persistência multiplicada pelo fato de que eu estava trancado em casa, estudando, e ela podia ser minha serva muda em tempo integral, e eu, o distraído patrão. Tirei-a de seus pensamentos fazendo-a estremecer e lhe disse: tenho uma bela notícia, vó, a universidade precisa de você.

23

A princípio pensou que eu estivesse zombando e resmungou sim, é claro, continuando a mexer numa panela que borbulhava. No entanto, assim que pude, eu a puxei do fogão, lhe mostrei os livros, as fichas, e expliquei: se você não me ajudar, não posso fazer o exame.

Foi preciso um pouco de tempo, mas, quando por fim entendeu que eu estava falando sério, ela, que habitualmente era de um colorido aceso, empalideceu, se tornou um emaranhado de sentimentos contrastantes, seu lábio inferior tremeu, os olhos ficaram lustrosos como quando meu pai a humilhava. Como de costume, estava pronta a fazer qualquer coisa por mim, mas lhe pareceu inconcebível que eu pudesse precisar de suas palavras napolitanas para meu exame. Balbuciou frases confusas, suspeitava que alguém estivesse me tapeando ou coisa pior. Com risadinhas nervosas, disse logo que os professores poderiam usar as fichas contra mim, considerando-as uma espécie de atestado que, se eu tinha uma avó assim, não merecia o diploma. Chegou até a me citar os aspirantes a policial, que não podiam se tornar policiais efetivos se seus antepassados não tivessem uma ficha criminal limpa. Em resumo, se assustou tanto que eu fiquei com pena.

Tentei acalmá-la, comecei a lhe fazer perguntas. Queria entender como é que ela imaginava a universidade para poder lhe dizer: não é assim. Aos poucos, fiquei sabendo que ela a imaginava exatamente como o avesso daquela fossa dos mortos de que me falara na infância, em que não acreditava mais.

Não era propriamente o paraíso, no qual ela também já não acreditava, mas, seja como for, considerando-se apenas a maneira como se expressava com o rosto e gesticulava ao falar, a universidade, segundo ela, se encontrava no alto, quase no céu, e foi inútil lhe dizer que bastava caminhar pelo Rettifilo e ela a encontraria precisamente à direita de quem vem da estação, quem sabe quantas vezes tinha passado em frente. Continuou a erguer o olhar, a fazer um gesto rumo ao teto, para ela a universidade estava lá no alto, e só se chegava ali por uma espécie de escada feita de degraus como peneiras, de modo que ao final só restavam poucos grãos puríssimos. Ao passo que ela, em criança, tinha sido jogada fora quase imediatamente, mesmo fazendo bem as contas de multiplicar e dividir, eu, graças a Deus, me mostrara um grão de qualidade superior e, para todos os efeitos, tinha o direito de entrar naquele local de pessoas superfinas, um espaço branco-celeste onde ninguém mais precisava trabalhar, todos falavam em italiano, não havia pessoas que gritavam de manhã até de noite obscenidades do tipo *vafancúlachitèmmuórt*,* ali se estudava, se pensava e se comunicavam os pensamentos, com alegria e gentileza, a quem tinha a preocupação de levar adiante a família e nem podia permitir-se sequer pensar.

Foi um belo regresso à infância, mas jamais como naquela ocasião me pareceu que os papéis estivessem definitivamente invertidos. O velho agora era eu. Estava me aproveitando de sua credulidade como se fosse uma menina. Queria atraí-la para uma brincadeira — tipo debulhar os feijões frescos ou as ervilhas — que na verdade era um trabalho. Pretendia mantê--la ali no canto por umas duas manhãs, quando a casa estava

---

* "Vão tomar no cu os seus defuntos."

vazia, e levá-la a me dizer os nomes de todos os apetrechos de cozinha, dos alimentos, dos ingredientes, qualquer coisa que lhe ocorresse de seu mundo de avó-serva, que sabia mais palavras napolitanas que qualquer outro — ela, grande trabalhadora, ela, viúva aos vinte e quatro anos, quando o marido morreu e a deixou com uma filha de dois anos e um ainda na barriga —, e transcrever aquelas palavras recorrendo à escrita fonética, e em poucas horas conseguir, sem aborrecimentos, as quinhentas fichas prontinhas. Os outros informantes, eu os inventaria.

24

Conversamos, ela sossegou. Disse-lhe que a universidade não era tão branca nem tão celeste, que era poeira, penumbra e ar saturado. Mas se estudava bastante, e meu professor de glotologia havia demonstrado muita curiosidade por quem conhecia a fundo o napolitano, como ela. Os professores, expliquei, tinham apreço por qualquer um que conhecesse bem alguma coisa, de modo que ela não devia se preocupar, com certeza me ajudaria a causar uma impressão esplêndida. Claro, eu não precisaria dela para todos os exames, para o italiano seguramente não, nem para gramática grega, nem para latim, mas para glotologia sim, para aquelas fichas, sim. Aliás, sem ela eu certamente perderia um tempo enorme, incomodando fulano e sicrano, então ainda bem que eu tinha uma avó assim. Etc.

Pouco a pouco se convenceu, começou a circular toda encurvada pela cozinha. Olhava ao redor, abria gavetas, roçava os objetos que lhe caíam nas mãos como para se inspirar. Pegou um, era uma concha perfurada, e deu um sorriso constrangido, se esforçou para pronunciar o primeiro vocábulo daquele nosso trabalho. Pronunciou cautelosamente, de modo não natural, como se — considerando que aquela palavra devia servir a mim — a pronúncia cotidiana não fosse adequada e ela precisasse lhe conferir certa fineza. *Pirciatèlla*, disse, e silabou o vocábulo a seu modo: *pi-rcia-te-lla*. Fez duas ou três vezes, detendo-se no *-cià* e sobretudo no *-lla*, lentamente.

Tive a impressão de que estava fazendo a palavra bailar com a voz, de modo que, quando eu a escrevesse na tal ficha, parecesse digna dos senhores da universidade. Então acrescentou, esforçando-se para usar um pouco de italiano como se, dirigindo-se a mim, também se dirigisse aos professores ou à própria glotologia: *è comm'a votapésce — vo-ta-p-sce —, che fa pércia l'uoglio della frittura dalla mestola tutta bucata, o comm'a scolapasta — sco-la-pa-sta —, che i buchi fanno sculà l'acqua, o comm'a pirciatèlla della macchinetta do ccafè, che scende l'acqua scura ed è ccafè — cca-fè —, o comm'e pirciatiélli — pi-rcia-tié-lli —, 'o maccaronecobbu-chíll, guaglió, pirciàto, da pircià, la colatura che viene dalle cose bucate, escrítt?**

Eu tinha escrito depressa, a lápis: *pirciatèllə, votapescə, uogliə, skolapastə, cafè, pirciatiéllə, percià, pirciàtə*. E outras palavras chegaram logo depois, uma cadeia de sons cada vez menos temerosos. Fiquei contente e também desconcertado. Minha avó — tive a impressão — estava como que se pondo ereta. Parecia que nela havia de fato um acúmulo de metal sonoro e que agora esse metal estava incandescendo de frase em frase, agindo sobre os olhos, sobre a mobilidade do rosto, sobre sua própria estrutura óssea. Isso me tocou de modo positivo, e no entanto o confuso esforço de enobrecimento que ela estava se impondo me perturbou. Fale normal, lhe disse imediatamente, assim que começou com a *pirciatella*. Mas naquele momento a normalidade lhe parecia uma diminuição, e ela resistiu. Pôs, por exemplo, as finais em todas as palavras que se seguiram, com teimosia — *rattacàsa, caccavèlla, tièlla, tiàna, buttéglia, maciniéllo* —, e foi isso o que mais me incomodou. *Chisto*

---

* "É como a escumadeira, que deixa o óleo da fritura escorrer por todos os buraquinhos; ou como o escorredor, que deixa a água escorrer pelos furos, ou como o filtro da máquina de café, que faz escorrer a água escura e é café, ou como o bucatini, o macarrão furado, rapaz, de furar, o gotejamento que sai das coisas furadas, escreveu?"

è 'o maciniéllo*, falava, e eu sentia um desconforto, quase um mal-estar, a princípio sem motivo.

Mas logo foi meu próprio desprazer que passou a me orientar. Sempre detestei a ausência das finais no dialeto, aquele perder-se num som indistinto. Meu pai, por exemplo, gritava com minha mãe — *addò cazzə sí ghiutə accussí'mpennacchiatə?* —,** e as palavras ciumentas partiam dele para ela tentando golpeá-la com *z*, com *t*, que sufocavam sem vogais, dentes que queriam estraçalhar e no entanto só mordiam ferozmente o ar. O mesmo valia para as brigas da vizinhança, os escândalos, os tráficos sub-reptícios que atravessavam a cidade e que inconscientemente me fizeram associar o dialeto às atitudes grosseiras, à desordem. Desde o ginásio, não suportava que meu costume de usar o dialeto fosse tão robusto a ponto de dissolver até as finais das palavras italianas. Para causar boa impressão no professor Benagosti, logo me esforcei — digamos — em falar *gesso*, e não *gessə*. Acontece que, primeiro, o professor Benagosti não era diferente de mim, ele também comia as finais, e segundo, eu estava exposto desde pequeno, mais ainda que quando adulto, a mil ansiedades, de modo que, nos momentos de tensão, *quando* tendia inevitavelmente a se tornar *quandə*, *allora* tendia inevitavelmente a se tornar *allorə*, e a fonação adquirida nos primeiros anos de vida inoculava um veneno corrosivo.

Enfim, para resumir, eu conhecia bem aquele movimento de minha avó para o alto, algo que tinha me humilhado e que ainda me humilhava um pouco. O napolitano aprendido e falado desde a infância continuava insidiando o italiano que, ao contrário, eu aprendera sobretudo lendo, e me desfazer de minha língua primária, me apropriar de uma língua como aquela dos livros, ainda era uma pequena guerra, como se me tivesse sido ordenado — não sabia bem quando — marchar à

---

* "Isto é o moedor." ** "Aonde é que você vai assim toda enfeitada?"

conquista de uma elevação e ali me sentir a salvo. Portanto, reconhecer aquele mesmo esforço em minha avó, agora que lhe parecia possível entrar na universidade com sua voz escrita, me pareceu que a amesquinhava e revelava minha mesquinhez. De modo que, a certo ponto, lhe disse com maior firmeza, como se aquilo estivesse estragando meu estudo e o futuro exame: não é preciso escandir as palavras, não, não é preciso italianizá-las, apenas fale como sempre falou.

Fechou a cara, os olhos ficaram lustrosos, e então me apressei em elogiá-la, ela estava indo bem, só precisava ser quem era, ou seja, continuar dentro do perímetro da avó pouco escolarizada. Ela pouco a pouco se recuperou, tentou desatar o laço que havia amarrado em torno da língua — *'nzèrtə, trébbetə, truóghələ, péttolə, arapabuàttə* —, perguntava continuamente: tá bom assim? Está ótimo, eu respondia, e quanto mais eu incentivava, mais ela prosseguia contente — *appésə, appesesacíccə, muníglə, cernatúrə, scafarèa* —, e mais eu tinha a impressão de que a proximidade incômoda que senti no início — ambos desconfortáveis quer com o dialeto, quer com o italiano — agora estivesse se invertendo numa distância igualmente incômoda, como se ela tivesse começado a correr numa direção — para voltar a uma área exclusiva do miserável dialeto — e eu na oposta — para interromper e saltar à área exclusiva do nobre italiano. Tanto que, se voltássemos de nossas regiões distantes e nos encontrássemos na grafia das fichas que iam se amontoando na mesa, provavelmente teríamos descoberto que aquela escrita era falsa seja para ela, seja para mim.

25

Dedicamo-nos às fichas não numa manhã ou duas, mas por um tempo indefinível, todo escandido por combinações de sons e sinais, como se as horas fossem feitas de *buccàlə*, *scummarèllə*, *chiastuléllə*, *cummuógliə*, *misuriéllə*.

Os efeitos daquele trabalho em minha avó, que falava, e em mim, que escrevia, foram muito diversos. Ela, que começara cheia de atenções quanto aos resultados de meu exame, foi dia a dia tomada por si mesma. Acabou dentro de um estrépito em sua cabeça, tinha manchas roxas na testa e nas bochechas, o nariz de pimentão se tornou brilhante de suor, os olhos rejuvenesceram e estavam tão luminosos que me pareciam habitados por muitos outros olhos. Começou a dar-se importância como talvez nunca lhe acontecera. Quando meus irmãos voltavam da escola, meu pai do trabalho, e apareciam em turnos na cozinha para entender o que estava se passando, por que é que não havia aroma de molhos, por que é que a mesa não estava posta para o almoço, ela dizia satisfeita: *stammfaticannpelluniversità*,* e se dirigia ao fogão sem pressa, murmurando distraída: *mo cucínə*.** E assim, pouco a pouco, ela espantou a todos nós ao deixar de varrer, de tirar o pó, recolher a roupa suja, lavá-la, estendê-la para secar, passá-la. Chegou a ponto de dizer para minha mãe que, por um tempo, ela pelo menos teria de cozinhar, pôr a mesa e tirar os pratos em

* "Estamos trabalhando para a universidade."   ** "Agora cozinha."

seu lugar, já que ela estava muito ocupada. Foi como se a universidade, pondo-a como fundamento de meus estudos, tivesse de repente lhe atribuído um valor insuspeitado, libertando-a assim do papel de nossa criada, de criada de qualquer um que entrasse em sua vida. Também com meu pai, seu inimigo jurado, tornou-se menos subalterna.

— Sogra, você entrou em greve?

— Sim.

— E quando volta ao batente?

— *Nunnossàccio.**

Foi a única vez que se furtou até ao amor por mim. O fato de que agora fosse eu quem dependia dela, de que não precisava mais me perseguir com seu afeto, a tornou imprudente, até despudorada (*stattezittonumumènt, ecchecàzz, fammepenzà*),** e ela se descarregou em cima de mim como um aguaceiro que cai sem se importar com quem trouxe o guarda-chuva ou não. Fervia, e se sentiu cada vez mais autorizada a levantar *'o cummuógliə* — a tampa —, a prescindir de minhas exigências de estudo, e sentiu um prazer desconhecido em *scummigliarsi* — escreva, menino, *scummiglià*, o contrário de *cummiglià*, escute que bela palavra, você passa a vida *cummigliàtə*, tampada pela timidez, escondida por medo, e então eis que se *scummuógliə*. Para me explicar o que queria dizer, fazia o gesto de quem tira de cima as cobertas da cama, a roupa, até o silêncio, e esse gesto parecia lhe dar alegria.

A princípio, me esforcei para acompanhá-la, mas logo já tinha palavras até demais para meu exame, e quanto mais eu preenchia fichas, mais me parecia que o alfabeto e a grafia fonética perdiam terreno, deixando de fora grande parte do napolitano dela. Ninguém — eu pensava — consegue de fato fixar esse seu carrossel, esse material sempre excedente. E quanto mais ela se tornava

---

* "Não sei."   ** "Fique calado um momento, caralho, me deixe pensar."

incontrolável, mais eu tendia a concluir: chega, por que continuo a preencher fichas, a escrita é mais uma tampa calcada sobre essa pobre velha, vamos acabar com isso. Entretanto, eu me encantava e deixava que ela continuasse a se destampar, a *scummigliarsi*. Coisa que lhe enriquecia os tons, erguia o volume de sua voz, a entusiasmava a ponto que, tal como em seus olhos me parecia haver outros olhos, assim em seus gestos me parecia haver outros gestos, em sua boca outras bocas, em suas palavras muitas, muitíssimas palavras alheias, um vozerio desregulado que nenhum instrumento era capaz de registrar, menos ainda a escrita. Ah, quanto tempo eu estava jogando fora! Com estudo, com exercício, eu teria podido organizar os ecos da menina milanesa, dar a eles uma forma justa e durável, eram um dom precioso para quem quisesse pôr-se à prova. Mas aqueles sons atropelados de minha avó não eram redutíveis a nenhuma página bela e límpida, a literatura se retraía, se retraía o alfabeto, até a grafia fonética. Houve um momento — tive a impressão — em que não era mais apenas ela quem falava, também falavam sua mãe, sua avó, a bisavó, e diziam palavras que soavam pré-babélicas, palavras da terra, das plantas, dos humores, do sangue, dos trabalhos, o vocabulário das labutas que enfrentaram, o vocabulário das doenças graves das crianças e dos adultos. A *artéteca* — dizia/diziam —, uma inquietude insuportável, que não se sabe como acalmar; os *riscenziéllə*, um precipitar-se convulso no desmaio, de olhos revirados; *e l'ammore, il bacio, 'o vase, ah vasarsi, guaglió, nuncestanientecaèbelləcommənuvasə, tutt'abbracciati, stritt-stritt, e si nun capisce cos'e vasarsi, chesturiataffà?**

Como ela se demorou nesse tema. Me falou do primeiro beijo que o marido lhe deu, um jovem de vinte anos e de grande

---

* "E o amor, o beijo, o beijo, ah, se beijar, menino, não tem nada mais bonito que um beijo, bem abraçados, apertadinhos, e, se não se entende o que é se beijar, o que se pode fazer?"

beleza; ela estava com vinte e dois e nunca se deixara beijar por ninguém: um beijo tão intenso que ele ficou inteiro em sua boca, e hoje ela ainda tinha aquela boca na boca, e a voz dele era também a dela, falavam juntos toda vez que ela falava, as palavras que eu ouvia vinham do fundo do fundo dos anos, sopro dele e dela, voz dele e dela.

26

Com o beijo, terminamos. Minha avó se agitou um pouco, não lhe ocorreram mais palavras, anunciou que me dissera tudo. Enquanto eu me retirava com minhas fichas ao quartinho onde em geral me fechava para estudar, a escutei cantar com surpreendente enlevo, escandindo bem as finais: vento, vento, leva-me contigo. Depois parou, e desde então não me lembro de tê-la ouvido cantar.

Muitas vezes pensei naquela sua saudade dos beijos. Talvez eu beijasse Nina muito apressado. Os olhos, a boca me fascinavam, mas logo me vinha a ânsia por outras partes de seu corpo. Disse a mim mesmo que se minha avó, depois de quarenta anos, se lembra sobretudo dos beijos do marido, também Nina talvez dê um valor especial aos beijos e deseje ser beijada com mais e mais intensidade. Entretanto eu não tinha tempo para remediar, o dia do exame se aproximava, falava bem pouco com ela e raramente a encontrava. Estudava a importância da cavidade bucal não para os apaixonados, mas para a glotologia. Memorizava tabelas, distinguia consoantes bilabiais, labiodentais, dentais, alveolodentais, retroflexas, palatoalveolares, alveolopalatais, palatais, velares, uvulares, faringais, glotais. E se esse léxico apagou cada vez mais a boca de Nina, graças a ele me ocorreu com frequência pensar na boca da menina de Milão, em como teria sido se tivesse podido tornar-se a boca de uma mulher e soprar oclusivas, nasais, vibrantes, fricativas, semivogais, vogais, com a tonalidade afinada de quando me falara no bebedouro. Ah, quem sabe o que ela estudaria além da dança: talvez letras modernas, talvez letras clássicas como eu. Juntos estudaríamos grafia fonética e trocaríamos reciprocamente nomes como Boehmer, Ascoli, Battisti, Merlo, Jaberg e Jud, Forchhammer. Enquanto isso, quem sabe, me agradaria beijá-la (ou *basciarla*) e sussurrar-lhe na boca palavras de amor, enquanto ela as sussurrava na minha, por um tempo infinito.

De tanto em tanto, eu saía delirante de meu quartinho e tentava ligar para Nina. Quando a encontrava, tínhamos conversas deste tipo:

— Como vai com a álgebra?

— Bem. E você com a glotologia?

— Estou estudando.

— Já terminou com sua avó?

— Sim.

— Quer que eu passe aí?

— Melhor não, estou muito atrasado com os topônimos do Abruzzo e do Molise.

— Ainda me ama?

— Sim, e você?

— Sim.

Certa vez, disse:

— Falei com seu amigo, está com dificuldades em matemática.

— Ah.

— Disse a ele que posso dar algumas aulas.

— E seu exame de álgebra?

— Você dá muitas aulas e mesmo assim estuda: vou fazer o mesmo também.

— Minhas aulas são pagas.

— Ele também quer pagar.

— Quando você começa?

— Amanhã.

— Ele vai à sua casa?

— Não, aqui em casa não tem sossego, vamos nos ver no cemitério.

— Vai dar aulas na capela, ao lado do nicho onde ele guarda pão e salame?

— Vou. Assim eu ganho e me divirto.

Fiquei um pouco magoado, mas não lhe disse nada, senti que estava nervosa, não queria discutir. Meu cemitério mental a entediava, já no real ela se divertia. Notei pela primeira vez a cadência napolitana do italiano dela. Assim como eu, ela também italianizava vocábulos dialetais por comodidade (por exemplo, quando tinha a impressão de que eu estava zombando dela afetuosamente, dizia: *"Mi stai sfruculiando?"*). Assim como eu, ela também utilizava construções sintáticas do dialeto (por exemplo, dizia: *"Quello è lui che mi prende in giro"**). Assim como eu, ela também se esforçava para exercer um controle sobre as vogais no fim das palavras (por exemplo, dizia ao telefone *"Pront"* em vez de *"Pronto"*). Voltei a estudar pensando que, se eu quisesse escrever nossa história com absoluta verdade e, portanto, também nossos diálogos, o resultado seria um texto torto, corroído, destinado a poucos, sem possibilidades de tradução; ou seja, o contrário do que me servia para realizar a profecia de Benagosti e andar com minhas obras de cidade em cidade, de país em país, de língua em língua, admirado por milhões de leitores.

* "Aquele é o que tira sarro de mim."

27

Agora faltavam poucos dias para o exame de glotologia — logo depois eu deveria me concentrar em papirologia — quando minha cabeça, já bastante em desordem, se desordenou ainda mais. Estava no quartinho, empenhado em repetir em voz alta os topônimos do Abruzzo e do Molise, quando a porta se abriu e minha avó apareceu, mais miúda que de costume, mais encurvada que de costume, mas não arroxeada, aliás, palidíssima. Pediu desculpas por incomodar, mas em casa não havia ninguém a quem pudesse recorrer, estava com os joelhos bambos, tinha ânsias de vômito, tudo ficara escuro diante dos olhos.

Fiz que se sentasse, fui buscar um copo d'água, ela recuperou a cor. Me disse num dialeto cansado, mal pronunciado, como se a língua na boca não quisesse lhe obedecer, que aquele mal-estar surgiu justo quando ela estava pensando que o 2 de novembro estava próximo, o dia dos mortos e, portanto, de seu marido. Tinha pensado: quanto tempo passou, e lhe veio uma repulsa.

— Já está se sentindo melhor?

— Sim.

Mas não se levantou, não voltou para a cozinha, disse que tinha medo de passar mal de novo e morrer antes de poder visitar o túmulo do esposo.

— Isso não vai acontecer — tranquilizei-a.

— E se acontecer?

— Eu vou em seu lugar e digo ao vovô que você está justificada.

Caiu na risada, queria me dar um beijo de gratidão, a repeli. Enquanto isso, não me deixava estudar: ela, que nunca queria nada de mim, evidentemente estava querendo alguma coisa. Deu algumas voltas e por fim me perguntou se, depois do exame, eu faria a gentileza de acompanhá-la ao campo santo, tinha guardado dinheiro para comprar um *pezzotto* de quatro lampadazinhas. Aleguei dificuldades:

— Depois de glotologia, preciso prestar outro exame.

— Ah.

— Por que você quer ser acompanhada?

— Posso cair.

— Você sempre foi sozinha.

— Agora tenho medo de não conseguir chegar lá.

— Por quê?

— A velhice chegou nesta manhã.

Olhei para ela ali, no quartinho, prostrada em minha cadeira, e me lembrei não só da multidão de mortos falantes que trazia dentro de si, mas também da linda jovem que tinha sido e que provavelmente estava encolhida em alguma parte de seu corpo, custodiando os beijos dados e recebidos na boca. Mais uma vez senti pena dela.

— Tudo bem — falei —, você me fez um favor, e eu faço outro a você.

— Obrigada.

Mas naquele ponto fui eu quem a deteve. Estava durando em minha cabeça a imagem da jovem viúva de antigamente, e lhe perguntei sem preâmbulos:

— Depois da morte do vovô, você não teve propostas de casamento?

Ainda tinha o sofrimento estampado no rosto, mas gostou do assunto, ficou animada:

— Claro que tive, tive uma multidão assim.

E começou uma conversa cerrada, que reporto aqui sem seu napolitano, estou cansado de mimetizá-lo inutilmente, recorro aos apontamentos que rabisquei logo depois, muito agitado:

— Por que não quis se casar de novo?

— Porque nunca amei ninguém como amei meu marido.

— Mas ele já estava morto.

— Se alguém está morto, não é que você não o ame mais.

— Mas depois de um tempo você se esquece.

— Não gosto de me esquecer.

— Por quê?

— Acho que, se a corda se rompe, o bandolim não pode mais tocar.

— Dentro da palavra "esquecer"* está o coração, não a corda.

— Melhor. Quando o coração se rompe, a morte chega. Mas eu ainda não estou morta e não me esqueço de meu marido, está vivo.

Pensei um instante e disse:

— Eu também não me esqueço.

— De quem?

Perguntou-me cautelosa se, antes de Nina, eu tinha me apaixonado por outra que não me saía da cabeça. Respondi que não era questão de amor, mas de recordações que não desapareciam nunca inteiramente, e eu não conseguia entender por quê. Ela resmungou descontente que, se eu pensava em outra, queria dizer que não gostava de Nina, pobre moça, era tão bonita. Então me veio à mente um pensamento que nunca tinha posto em palavras, nem para mim mesmo. Falei que Nina aparecera, e que aquilo que aparece não é o que se escolhe. Gostava dela, isso sim, mas havia outras coisas que me enchiam a cabeça e moviam meus sentimentos mais que

---

* Aqui há um jogo de palavras com os vocábulos italianos *scordare* (esquecer), *corda* (corda) e *cuore/cor* (coração).

ela. Fiz uma lista: a leitura, a escrita e a morte. Tenho um desejo de vida, vó, tão violento que sinto a vida continuamente em perigo, e quero preservá-la de todas as maneiras, para que ela não me escape e termine; é uma ânsia que me entrou aqui no peito, acho, quando morreu a menina que brincava na sacada do segundo andar do prédio azul-celeste em frente ao nosso. E nesse ponto, para ter certeza de que ela havia entendido, perguntei:

— Você se lembra da menina de Milão?

— Que menina de Milão?

— Aquela que brincava na sacada do edifício em frente e depois morreu afogada. Será possível que não se lembre?

— Não era de Milão e não morreu afogada.

— Como não?

Ela sacudiu a cabeça.

— Era de Nápoles, como você e eu, e morreu junto com o avô, o professor Paucillo. Acabaram atropelados por um carro quando voltavam da praia, de bicicleta.

28

Hoje me habituei a essas pequenas reviravoltas e, quando me acontece alguma, não consigo mais me surpreender. Minha vida se tornou previsível a tal ponto que de manhã acordo e penso: tomara que hoje aconteça alguma coisa, até algo ruim, da qual eu possa dizer que não esperava por isso. Já estou tão acostumado a não me espantar com nada — já vi e ouvi e li e imaginei e vivi realmente muitas coisas —, que não me assombraria nem se me dissessem: considerando-se que em tempos recentes morreram de fato muitos velhos de maneira atroz, a partir de hoje, por decreto do Pai eterno, os velhos não morrerão mais. Por isso, não fosse ao menos para recordar exatamente o passado, eu gostaria, agora, de desmontar minha cabeça, limpá-la e remontá-la de modo a poder exclamar, incrédulo como sessenta anos atrás: o que você está dizendo, vó, a menina de Milão era de Nápoles? Acrescentei devagar:

— Entendeu bem de quem estamos falando?

— Entendi.

— Então, se entendeu bem, por que não está dizendo a verdade?

— Eu nunca digo mentiras.

— Agora está dizendo. A menina falava o italiano mais belo que eu já escutei.

— É claro, era filha e neta de professores. Até a avó dela era professora, menino. Eu achava que fosse dessas que queriam me deixar inferiorizada, mas era realmente uma boa pessoa.

Quando a encontrava na charcutaria, ela sempre me cumprimentava primeiro. Duas ou três vezes também a vi no campo santo. Trocávamos algumas palavras, comprávamos os *pezzotti* com as lampadazinhas e discutíamos com os sujeitos que vendem a luz, porque são uns ladrões, pegam o dinheiro e depois as lâmpadas não funcionam ou ora acendem, ora apagam.

Sabia tudo daquela tal senhora, a professora Paucillo: era a avó paterna da menina, que belos cabelos tinha, como era elegante. Ia ao túmulo do marido e ao túmulo da neta, as desgraças que podem ocorrer numa família são inimagináveis. Em todos os dias santos ela passava no cemitério para uma saudação; dizia exatamente assim: passei para uma saudação. Que ótima pessoa. Minha avó ficou triste por não a encontrar mais, talvez a professora Paucillo tivesse se cansado de levar saudações ao marido e à neta, talvez a morte a tenha levado também. Eu esperei que ela se contradissesse em algum ponto, fiz perguntas, tentei entender se pelo menos, sei lá, a mãe da menina, seus parentes, seus antepassados eram de Milão. Não, minha avó garantiu que todos, todos mesmo, eram napolitanos, e acrescentou: por isso fico contente que você estude e se torne professor também. Então decidi perguntar:

— Como a menina se chamava?

— Manuela Paucillo.

— Por que você nunca me falou disso?

— E o que eu deveria dizer?

— Tudo.

— Você era pequeno e muito desolado.

— Mas você tinha que me contar tudo.

— Você estava sempre com febre, chorava dormindo, não sabe quanto me preocupei. As crianças não devem saber nada sobre a morte.

— Não é justo.

— É justo. Se você sabe da morte, não cresce mais.

29

Nos últimos dias antes do exame, estudei pouco. Me distraía continuamente, escrevi páginas e páginas sobre a menina não mais de Milão. Tentava me recuperar de uma decepção ou pelo menos entender seus motivos. No fim, tive a impressão de poder dizer que, assim como a maioria dos meninos da praça, inclusive Lello, que tinha o italiano dele, eu me equivocara, me parecera estranha em Nápoles a figurinha aérea que, enquanto a água do bebedouro gorgolejava, tinha exibido uma mistura de língua dos livros e napolitano extraordinariamente bem articulada. Talvez, aliás — pensei ao final para me apaziguar —, justo aquelas amadas nuances de sua voz, que eu guardava com ciúme na memória e que gostaria de ter capturado na grafia fonética, não fossem senão resíduos de meu próprio dialeto na língua graciosa que a menina aprendera em família desde o nascimento.

No dia anterior ao exame, tentei telefonar a Nina para, antes de tudo, lhe contar minha descoberta, e depois pedir que me fizesse companhia enquanto eu esperava ser examinado em glotologia. Mas não a encontrei, e então tentei com Lello. Ele me atendeu. Para começar, perguntei se ele podia entregar para minha avó um *pezzotto* de oito lâmpadas para o 2 de novembro, ela fazia questão de presentear o marido com luz em quantidade. Lello se mostrou solícito, mas com uma voz que não era a de costume, soava cordial, muito amigável, e no entanto com uma impaciência de fundo, como se tivesse pressa de encerrar a ligação. Mas eu tinha outras coisas para lhe falar e continuei:

— Tornou a pensar na menina milanesa?

— Para dizer a verdade, não.

— Sempre a chamamos de milanesa porque não sabíamos seu nome.

— Pode ser.

— Se chamava Manuela Paucillo, que nome feio, estava melhor sem.

— Ah.

— E não era milanesa.

— Ah.

— Era napolitana.

— É por isso que eu não me lembrava, você confundiu minhas ideias.

— Foi você que me confundiu: quem inventou essa história de milanesa foi você.

— Não é possível, eu não sei inventar nada.

Dei uma risadinha de concordância para ele e disse:

— Mas você pode dar uma olhada, espero, em algum registro, em algum fichário. Queria saber onde está o túmulo e encomendar para ela também um *pezzotto* de oito.

— Você manda e eu obedeço. Quer o *pezzotto* para um dia, dois, três?

— Para dois está bom. Uma última coisa e desligo. Telefonei para Nina e não a encontro. Sabe de alguma coisa?

Houve um átimo de silêncio.

— Está aqui.

— E o que está fazendo aí? — perguntei.

— A aula de matemática.

— Ah.

— Quer falar com ela?

— Passe para mim.

Ouvi ao longe a voz de Nina, a risada dela. Quando pegou o telefone, compreendi de pronto que o tempo da amabilidade tinha se encerrado definitivamente.

— O que você está fazendo aí? — perguntei.

— Tomando um café.

— Só vocês dois?

— Eu, ele e a mãe dele. Três cafés. Se você também vier, esperamos e seremos quatro.

— Não posso. Tenho exame amanhã.

— Então vou tomar o café sem você.

— A chamada é às onze, estou ansioso. Pode me fazer companhia?

Silêncio.

— Sim.

30

Chegou minha vez, e Nina ainda não tinha aparecido. Acomodei-me diante dos examinadores com o coração batendo forte, o professor da voz baixa me perguntou se eu conhecia o nome de um topônimo do Abruzzo — com quantos *b* se escreve Abbruzzo: na velhice estão reaparecendo os erros ortográficos; a morte vai ser a derrocada daquele pouco de inglês, francês e italiano que sei, vou esquecer a ortografia, me desintegrarei no dialeto de minha avó, me abaterei dissolvendo-me como figura sobretudo de retórica? —, um topônimo composto de um substantivo e um adjetivo. Respondi prontamente: Campotosto. Logo depois fui interrogado sobre o famoso triângulo das vogais de Hellwag e, mesmo demonstrando aqui e ali alguma insegurança, me saí bem. Mas quando se passou à escrita lalética de Forchhammer, fiquei mudo e me lamentei por isso, mas ainda hoje não sei o que é. Em compensação, falei longamente das fichas e da escrita fonética, contei que tinha interrogado a fundo minha avó, mulher de um dialeto incontaminado, ex-vendedora de luvas e hoje sobretudo dona de casa. Menti sobre o estado de seus dentes, falei que graças a Deus, aos sessenta e cinco anos, ela conservava quase todos. Foi um belo momento. Meu examinador se entusiasmou pela função das avós em geral e pela maneira como eu soube valorizar a minha em particular, pediu que mandasse muitos cumprimentos a ela pela colaboração e por fim me atribuiu um nove, nota que me pareceu altíssima, um início realmente feliz. Fiquei contente pelo modo como ocultei bem minha ignorância.

Saí da sala zonzo pelo sucesso, procurei Nina no Cortile del Salvatore sem sol, frio. Localizei-a logo, mas não estava sozinha, a seu lado se via Lello. Estavam a um metro de distância um do outro, em atitude de como não se conhecessem, mas me bastou olhá-los para entender que estavam estreitados num único círculo de fogo, como no gran finale de um número espetacular do círculo equestre. Alcancei-os a passos rápidos, Lello me perguntou:

— Como foi?

— Nove.

— Parabéns.

— Eu apostaria nisso — disse Nina.

Eu estava tão alegre que não consegui libertar — diante daquela proximidade entre eles, que pareciam querer se tocar no mesmo instante, pelo menos com o braço — a sensação de angústia, à espreita em alguma parte de mim. Apontei-os com o indicador que oscilava ironicamente entre um e outra:

— Vocês estão namorando?

Lello assumiu um ar compenetrado e respondeu:

— Não ainda. Antes queríamos dizer a você.

— Ele — explicou Nina — queria antes dizer a você. Eu não. É uma coisa que, quando acontece, acontece.

— E aconteceu.

— Sim.

— Por quê?

Lello interveio embaraçado:

— Não há uma razão.

Eu me dirigi a ele, sério na medida do possível:

— O que vamos fazer?

— Em que sentido?

— Vamos resolver com um duelo?

Lello riu, eu ri, Nina se irritou:

— Por que você sempre precisa brincar, mesmo quando se fala de coisas sérias?

— Não estou brincando: num duelo eu só mato Lello, me desafogo e não sinto mais a necessidade de te matar.

— Seu problema é que você continuou uma criança.

— E em sua opinião, o que eu devo fazer para crescer?

— Não sei.

Embora eu continuasse me sentindo de bom humor, Lello deve ter notado minha angústia e decidiu me socorrer mudando de assunto.

— Eu lhe trouxe os recibos. É um preço de ocasião, fiz oitenta liras por lâmpada.

Olhei o valor, paguei.

— Obrigado — disse.

— Eu que agradeço — respondeu —, por tudo: nunca me esqueci da espada de seu avô, nem da fossa dos mortos. Que belas histórias, excelentes. Achei para você o lóculo daquela Manuela, por que não faz também um conto de terror sobre ela?

Senti que balançava a cabeça decidido, me dei conta de que a alegria estava indo embora.

— É sério que você não se lembra da menina?

— Honestamente, não.

Nina se intrometeu, agora com um sofrimento na voz que me pareceu sincero:

— Está vendo? Você faz passar a vontade de lhe querer bem.

Tinha razão, talvez para que me amassem como amavam Lello eu devesse parar de inventar histórias sobre tudo, assim como tinha parado de duelar com a espada de meu avô. Mas enquanto isso me ocorreu que, se realmente eu renunciasse a escrever como tinha renunciado a me considerar capaz de um número razoável de feitos notáveis, não só demonstraria que

Benagosti estava errado, mas também teria de aceitar que não era excepcional sob nenhum aspecto. Disse a Nina:

— Esse idiota não sabe nada da menina de Milão porque é uma história que eu ainda não escrevi. Mas se eu fizer isso ele vai se lembrar, e Manuela Paucillo, apesar do nome e sobrenome, se tornará imortal.

Dei meia-volta e corri até o primeiro telefone para dizer à minha avó como tinha sido o exame.

— *Pront* — ela gritou ansiosa.

Eu gritei de volta:

— A gente se saiu bem, vó; tiramos nove, que é uma nota bem alta.

31

Mantive a promessa e acompanhei minha avó para festejar o marido no dia dos mortos. Às dez da manhã já estava escuro, havia um vento que parecia salgado e nuvens escuríssimas sobre a cidade encharcada de chuva. Se excluirmos quando eu era muito pequeno, e ela jurava que me levara no braço ou de mãos dadas para tomar um pouco de ar e sol em Nápoles, nunca tínhamos saído juntos, e aquela foi a única vez.

A empreitada se revelou nada fácil. A cidade estava congestionada, os ônibus lotados avançavam se arrastando, a avenida para o cemitério era uma procissão de famílias que iam saudar os falecidos. Minha avó me pareceu realmente frágil, de passo lento, apoiada em meu braço vestindo a roupa preta para a ocasião, a bolsa bem apertada ao peito por medo dos ladrões. Seja como for, conseguimos. Chegamos ao lóculo de vovô, ela se soltou devagar de mim e ficou bem-composta diante da lápide de mármore onde havia três retratos amarronzados e os nomes, os dos pais do marido e o dele, o esposo arrebentado, que tinha um ar de rapazinho saudável e que seguramente, se tivesse podido ver minha avó, perguntaria a si mesmo: *chestachicazzè*.* O mármore molhado brilhava pela quantidade de lampadazinhas acesas, as mesmas que Lello tinha instalado fixando na reentrância entre a lápide e a moldura uma faixa de ferro sobre a qual estava o *pezzotto* de madeira de oito.

---

* "Essa aí quem é?"

— Como é bonito com toda essa luz — suspirou minha avó, muito satisfeita sob a proteção do guarda-chuva.

— Fui generoso — falei —, mandei botar oito lâmpadas.

— Muito bem, melhor gastador que sovina.

— Quer fazer suas orações?

— Não.

— Então o que vai fazer?

— Converso um pouco com ele na cabeça.

Fiz um sinal de concordância e perguntei se podia deixá-la ali dez minutos, sem correr o risco de que ela caminhasse indisciplinadamente por aí e eu não a encontrasse mais. Perguntou-me alarmada o que é que eu tinha de urgente para fazer, eu menti, disse que avistara um amigo e queria cumprimentá-lo. Me deu uma permissão insatisfeita, mas de todo modo gritou quando eu já estava no fundo da alameda, como se eu fosse um menino: *nuncòrrere, stattattiént, nuntefamàle.**

Procurei o vigia, mostrei a ele a folha que Lello me dera com as indicações sobre o túmulo da menina. Ele foi preciso — primeira à direita, depois à esquerda, depois suba, depois desça —, e caminhei sob a chuva e o céu negro até a capela da família Paucillo, cujo portãozinho estava aberto mesmo não havendo vivalma — como se diz. No interior, encontrei um triste abandono, folhas apodrecidas levadas pelo vento, escorpiões, musaranhos e aranhas-lobo. Brilhavam em festa apenas as oito lampadazinhas montadas por Lello na base do lóculo onde estava escrito: Emanuela Paucillo, 1944-1952.

Assumi uma expressão dolorida, ouvi pela primeira vez o barulho da chuva e dos ratos. Depois não resisti, peguei papel e caneta e escrevi: você se incomoda se pelo resto da vida eu continuar te chamando a menina de Milão? Dobrei a folhinha e a introduzi numa das fendas em forma de cruz que

---

* "Não corra, tome cuidado, não se machuque."

cortavam o mármore. Mas, assim que o fiz, as oito lampadazinhas se apagaram ao mesmo tempo, e a capela mergulhou no cinza do mau tempo.

Eu me assustei, pensei que Manuela Paucillo estivesse reclamando sua verdadeira identidade e voltei depressa para minha avó sob uma chuva fraca. Encontrei-a furiosíssima, assim como outros parentes dos mortos. Todos gritavam que sempre acontecia isso, em todo dia dos mortos. Pagava-se uma fortuna pela luz, e aí está, a luz — pilantras, ladrões, *figliezòccola, figliecàntaro** — primeiro acendia, depois as lâmpadas fritavam, se apagavam, tornavam a acender e pifavam definitivamente.

— Se é assim — falei entusiasmado —, vamos protestar.

— Sim — concordou minha avó.

Seguimos cinco ou seis pelas alamedas, ela e eu à frente. Pelo caminho encontramos outros cortejos de descontentes, todos haviam pagado para iluminar ao máximo as trevas de seus mortos e no entanto, apesar do dinheiro gasto, lá embaixo — alguns apontavam raivosos a terra encharcada de chuva — estava mais escuro que nunca.

Chegamos à congregação, nos apinhamos na entrada. Lá dentro estava tudo sombrio, e as coisas procediam ainda mais tumultuosas. Enquanto nos acumulávamos combativos no térreo, nos níveis superiores, onde estavam as paredes de lóculos sem luz, os parentes dos mortos à beira da balaustrada davam gritos agudíssimos, blasfêmias de uma palavra só ou habilmente articuladas em frases, insultos à base de orifícios violados ou a violar, estalos de tapas que aplicavam a si mesmos com mãos frouxas, como se preparando às que dariam depois, de modo bem mais vigoroso, nos cobradores, nos eletricistas, nos cobradores-eletricistas, em cujas caras prometiam também bater os recibos com os valores pagos.

---

* "Filhos da puta, filhos da mãe."

Minha avó se sentiu linguisticamente à vontade, eu um pouco menos, era instruído, teria preferido protestar em italiano. Sem falar que, para enfrentar aquela pequena multidão, não havia, digamos, uma esquadra de malfeitores, mas apenas Lello, com seu belo rosto louro de marinheiro norueguês, e a seu lado, talvez em visita, talvez até como recém-contratada, Nina. Primeiro me preocupei por eles, depois me tranquilizei. Olhei para os dois e tive a impressão de que, juntos, estavam tão bem providos, tão invencíveis, tão preparados contra as fúrias do mundo, que resolveriam qualquer coisa com a habilidade e a paixão dos adultos, primeiro inspirando sujeição nos revoltosos, depois prometendo ações imediatas para o restabelecimento da luz, tudo sempre com aquele italiano de universitários um pouco tisnado de napolitano. Naqueles momentos, sentiam exclusivamente a plenitude da vida e estavam tão felizes com sua união que a gozariam em qualquer circunstância, num posto policial, entre os doentes e os feridos de um pronto-socorro, numa guerra e, claro, diante de coléricos parentes de defuntos. Até eu, ao olhá-los, via nas bordas de suas figurinhas fulgurantes de mercadores de luz apenas uma leve orladura de morte.

32

Também me esforcei em apagar aquelas, pareciam a margem escura das nuvens quando resistem ao sol que quer atravessá-las. Por isso continuei amigo deles, me interessava pelos exames que prestavam, fiquei contente por eles os superarem como se não sentissem cansaço nem tédio. Claro, não saímos mais os três juntos. Mas os encontrei em várias ocasiões de festa, um aniversário, um casamento de conhecidos. E até frequentamos juntos um curso de inglês.

Eu nunca realmente brilhei no uso da língua, e não tanto na escrita, mas na oral. Era como alguém que quisesse cantar, mesmo sendo desafinado. Quando o professor nos impunha um pouco de conversação, ninguém me entendia, sobretudo o professor. Já Nina e Lello eram excelentes. Diziam com uma pronúncia perfeita, por exemplo, que *This Side of Paradise* é o *Fitzgerald's first book, the sensational story that shocked the nation and skyrocketed the author to fame.* Quando os escutava, me sentia contente e finalmente conseguia enxergar a vida leve deles não tarjada de luto. Eram bonitos e bem-aventurados. Encontrei-os não faz muito tempo e, embora já velhos, com três filhos cinquentões, continuam fulgurantes como quando eram jovens. Nem sequer os roça — quero acreditar — a ideia do instante em que terão de levantar a tampa da fossa dos mortos. Portanto, a meu ver, não a levantarão jamais.

Quanto a meus casos pessoais, aqui estão. Renunciei ao exame de papirologia, me provocava ondas de pânico, não aguentava mais o Vesúvio, a erupção, a casualidade que havia salvado os escritos de Filodemo e outros não. Também me arrependi de ter deixado aquele bilhete no lóculo de Emanuela Paucillo. Imaginava o pesquisador que, daqui a uns dois mil anos, teria achado, lido e tentado interpretar aquele breve texto, e planejava voltar ao cemitério na calada da noite, tirar a lápide de mármore, recuperar a folha e destruir a vergonha que perigava sobreviver a mim. Quando pensava naquele túmulo, imediatamente o descartava com incômodo e passava a imaginar Emanuela na universidade como todos os seus antepassados, menina bonita, culta, hábil com o francês, o inglês, o alemão, namorada de um jovem abastado; e lá estava ela a atravessar a vida mais radiante que Nina, passando com segurança, em seus trânsitos por Nápoles, de um italiano refinado a um dialeto ainda mais carregado que o de minha avó, como sempre acontece aos bem-nascidos desta terrível e maravilhosa cidade.

No mesmo período de reeducação febril, voltei a me apaixonar. Gostava das vozes das garotas e, mesmo estando distante do diploma — naquele semestre só prestei o exame de glotologia —, comecei a namorar de novo com a intenção de me casar logo. Enquanto isso, incentivado por minha futura mulher, tentei pela última vez escrever historiazinhas, mas sem forças, sem convicção. Lia, sei lá, algo sobre Caio Júlio César e esboçava uma narrativa sobre seu escriba incapaz de acompanhar a voz doce do patrão que lhe ditava os *Comentários*, tanto que, abatido, de página em pagina se transformava inesperadamente em Vercingetórix. Lia *Os irmãos Karamázov* e inventava um jovem que, para poder ter uma vida própria, precisava pagar ao erário tanto ouro quanto pensava o enorme corpanzil de seu pai. Lia alguma coisa sobre a pobreza difusa no planeta e imaginava um conto sobre um homem sensibilíssimo, muito gordo, que se fazia amarrar a certas barras incandescentes do sótão e escorria gota a gota dentro de recipientes postos debaixo dele pelos famintos do bairro. Lia sobre transplantes de rins e articulava a história de um pobre funcionário deprimido cujos olhos caíam literalmente no chão, de modo que daquela perspectiva os globos oculares olhavam a ele como jamais tinha sido capaz de olhar, sobretudo a si mesmo.

Como minha namorada, a quem eu impunha a leitura desses textos, sempre exclamava no fim: que abatimento mortal se sente em seus personagens, como são infelizes, certa noite anotei: sinto que até a letra que parece mais viva, no fundo, no fundo, é letra morta. Na manhã seguinte, intimei a mim mesmo: chega de qualquer pretensão residual de excepcionalidade, chega da ambição de mais dia, menos dia ser *skairóckettid* — ah, como eu gostava dessa palavra — rumo à fama já no primeiro livro; a literatura não é questão de boa vontade, redimensione-se. Eu era aquilo que era, um dos tantíssimos agregados caducos de matéria vivente, era preciso parar com os delírios de infância. Por isso, de passagem em passagem, prescrevi a mim mesmo um diploma sem muito compromisso, um trabalho a ser desempenhado com honestidade, um papel de marido fiel e pai afetuoso, uma vida satisfeita de si. Feito isso, me ative a envelhecer com discreta precocidade, quase uma arte da pré-adaptação.

Mas eu não seria sincero se não acrescentasse que quem me deu uma mão durante aquela última febre de crescimento foi mais uma vez minha avó, e ela o fez adoecendo e morrendo. Com sua desaparição do mundo, perdi de modo inequívoco o impulso a fazer grandes coisas e até quando, décadas depois, tornei a escrevinhar, o fiz com um amor sem pretensões, já sabendo que esse pouco de realmente vivo que fazemos ao viver permanece fora da escrita, que os signos são constitucionalmente insuficientes, oscilam entre comentário e exaustão, e ainda bem que é assim. Concedi-me apenas um pequeno atenuante, e ainda hoje o concedo: o prazer da palavra que num momento parece justa e depois não; o prazer que arrebata o corpo mesmo se você escreve com água sobre a pedra num dia de verão, e quem se importa com o consenso, o verdadeiro, o falso, a obrigação de semear discórdias ou difundir esperança, a duração, a memória, a imortalidade, tudo.

O problema, se tanto, é que esse prazer é frágil, mal consegue subir a encosta das verdadeiras prioridades. Faz décadas que me digo: agora vou escrever sobre Lello, Nina, Manuela Paucillo e principalmente sobre minha avó, mas depois renuncio em favor de coisas que me parecem de maior consistência. Claro, há Marcel Proust, que reencontra sua verdadeira avó enquanto busca o tempo perdido em *Sodoma e Gomorra*. Mas a minha já não aguentara a comparação com a avó de Emanuela Paucillo, imagine se aguentaria com a avó de Proust. Eu a pousava sobre a página e depois de poucas linhas a abandonava, desinteressado.

Assim, para me decidir a tentar de novo, foi preciso recentemente a certeza alucinada de tê-la entrevisto — corcunda, com o nariz de pimentão, de baixíssima estatura — já toda estudadamente escrita num volume de pequenas dimensões, bem à sua medida: é suficiente — disse a mim mesmo — pôr os espaços em branco entre as palavras, revisar aqui e ali, numerar os capítulos e está pronta. Então passei a esboçá-la dia após dia, até esta manhã, usando como ponto de partida os dois ou três apetrechos pobres de psicologia, de história e de bela língua que ela me deixou na memória. Por exemplo, a vez em que lhe perguntei: *nonnàcomesefàamurí*;* ou a vez em que ela me deu uma mão com o exame de glotologia, para o qual precisei comprar, entre outros textos, um livrinho de menos de cem páginas, mil

* "Vovó, como é que se faz para morrer."

e cem liras, assinado por Aniello Gentile: se intitulava *Elementi di grafia fonetica* — depois o perdi — e era estudado para escrever os vocábulos napolitanos que saíam da boca dos anciãos. Por comodidade, eu tinha escolhido como informante justo ela, minha avó, Anna Di Lorenzo, que vivia desde sempre em nossa casa. Mas ninguém a chamava daquele modo, e para recordar que se chamava Anna era preciso fazer um esforço de memória. Seu nome, para as numerosas irmãs, era Nanní, para minha mãe, mamãe, para meu pai, sogra, para nós quatro netos homens, *nonnà*, assim mesmo, com acento na *a*. *Nonnà* era um grito exigente, um imperativo irritado, uma pretensão de obediência imediata. Certas vezes escapava de casa por birra em relação a meu pai, mas meus irmãos e eu logo a recapturávamos, antes que chegasse ao último lance de escadas. Parecia-nos muito velha, ficava geralmente fechada em seus afazeres domésticos, submissa, quase muda, de modo que nos espantávamos quando de repente se insurgia e tentava a fuga.

Uma vez — me lembro bem — voltei tarde da rua, tinha estado às voltas o dia inteiro e encontrei a casa meio em desordem, numa grande agitação: o choro de minha mãe, água no piso da cozinha, uma cadeira derrubada, os chinelos muito velhos de minha avó abandonados — ela, que era organizadíssima —, um no corredor, o outro na soleira do quarto onde dormia com meus irmãos pequenos. Tinha tido um acidente cerebral, disse uma vizinha nossa que acorrera solícita. O acidente a fez perder um pouco de sangue pelo nariz, agora estava com a boca repuxada de um lado e não falava mais nada. Parou de trabalhar, ficou toda entanguida numa cadeira ao lado da janela da cozinha, por semanas. Me observava de olhos arregalados com o costumeiro afeto e, quando eu andava pela casa, tentava falar comigo, mas não se entendia nada.

Passaram-se meses, e certa manhã não se levantou da cama. Meu pai gritou que era preciso oxigênio — um cilindro —, mas não se encontrava. Ele não disse: vão correndo buscar oxigênio, senão a avó de vocês morre. Nem sequer pôs a mão na carteira, já que nós, os filhos, tínhamos pouco dinheiro e talvez, se achássemos o oxigênio em alguma farmácia, descobríssemos que não era suficiente. Falou ou a si mesmo, com angústia, com sofrimento, ou ao teto, ao paraíso, aos santos; certamente não a mim e a meu irmão. Mas mesmo assim saímos pela porta, nos precipitamos pelas escadas e corremos à piazza Garibaldi pela Forcella, não tanto, acho, com o propósito de salvar nossa avó da morte, mas para escapar ao fato insuportável de que estava morrendo.

Realmente, quando voltamos sem o oxigênio, já estava morta. Hoje penso em quantos parentes próximos e distantes, em quantos amigos e conhecidos morreram em todas essas décadas. A partir da menina e de minha avó, faço uma lista detalhada deles e eu mesmo me espanto como são numerosos, parecem incongruentemente superar os mortos de peste no ano passado e neste ano. A primeira pessoa que vi sem vida foi ela. Tinha um rosto branquíssimo, que parecia pendurado aos ossos do nariz e estendido sobre os zigomas como um lenço. Beijei-lhe a testa e descobri que sua temperatura era a de um vaso de flores, de um açucareiro, de uma caneta, da máquina de costura num dia de inverno. Senti no peito uma dor violentíssima e logo me arrependi daquele beijo. Com ela também morreu definitivamente a menina de Milão.

Esta obra foi traduzida com o apoio do Centro para
o Livro e a Leitura do Ministério da Cultura italiano.

Vita mortale e immortale della bambina di Milano
© Giulio Einaudi Editore s.p.a., Torino, 2021.

Todos os direitos desta edição reservados à Todavia.

Grafia atualizada segundo o Acordo Ortográfico da Língua
Portuguesa de 1990, que entrou em vigor no Brasil em 2009.

capa
Elisa v. Randow
imagem de capa
Modena 1973 © Eredi di Luigi Ghirri
preparação
Silvia Massimini Felix
revisão
Huendel Viana
Tomoe Moroizumi

Dados Internacionais de Catalogação na Publicação (CIP)

Starnone, Domenico (1943-)
  Línguas / Domenico Starnone ; tradução Maurício
Santana Dias. — 1. ed. — São Paulo : Todavia, 2024.

  Título original: Vita mortale e immortale della
bambina di Milano
  ISBN 978-65-5692-615-5

  1. Literatura italiana. 2. Romance. 3. Ficção
contemporânea. I. Dias, Maurício Santana. II. Título.

CDD 853

Índice para catálogo sistemático:
1. Literatura italiana : Romance 853

Bruna Heller — Bibliotecária — CRB 10/2348

todavia
Rua Luís Anhaia, 44
05433.020 São Paulo SP
T. 55 11. 3094 0500
www.todavialivros.com.br

fonte
Register*
papel
Pólen natural 80 g/m²
impressão
Geográfica